帕諾拉馬島綺譚

江戸川亂步

丸尾末廣

浮世如夢，
夜夢才真實。
亂步

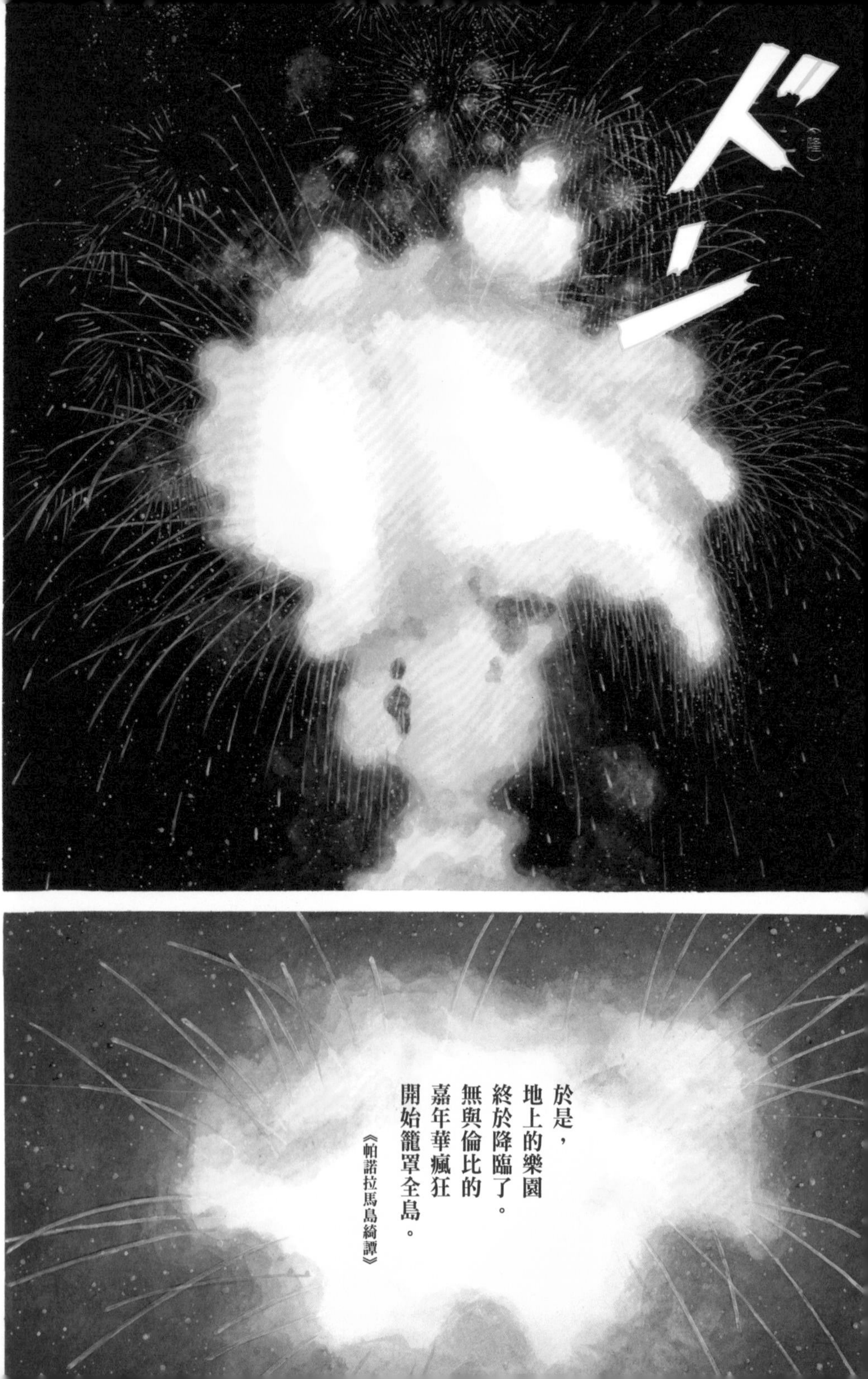
ド
(隆)
於是，
地上的樂園
終於降臨了。
無與倫比的
嘉年華瘋狂
開始籠罩全島。
《帕諾拉馬島綺譚》

第一章

（砰隆隆隆）

（隆隆隆）
（砰隆）
（啪啪啪）

ドドドドドドド
（隆隆隆隆）
ガタガ
（喀答喀答）
ガタガタ
（喀答喀答）
ヒュウウウ
（咻——）
ガタガタ
（喀答喀答）

(咻——)

ヒュウゥ
(1)
RA的故事
人見廣介
同在M縣的
灣朝太平
從
!
啊……
ヒュウゥゥ
ウゥ
(咻——)

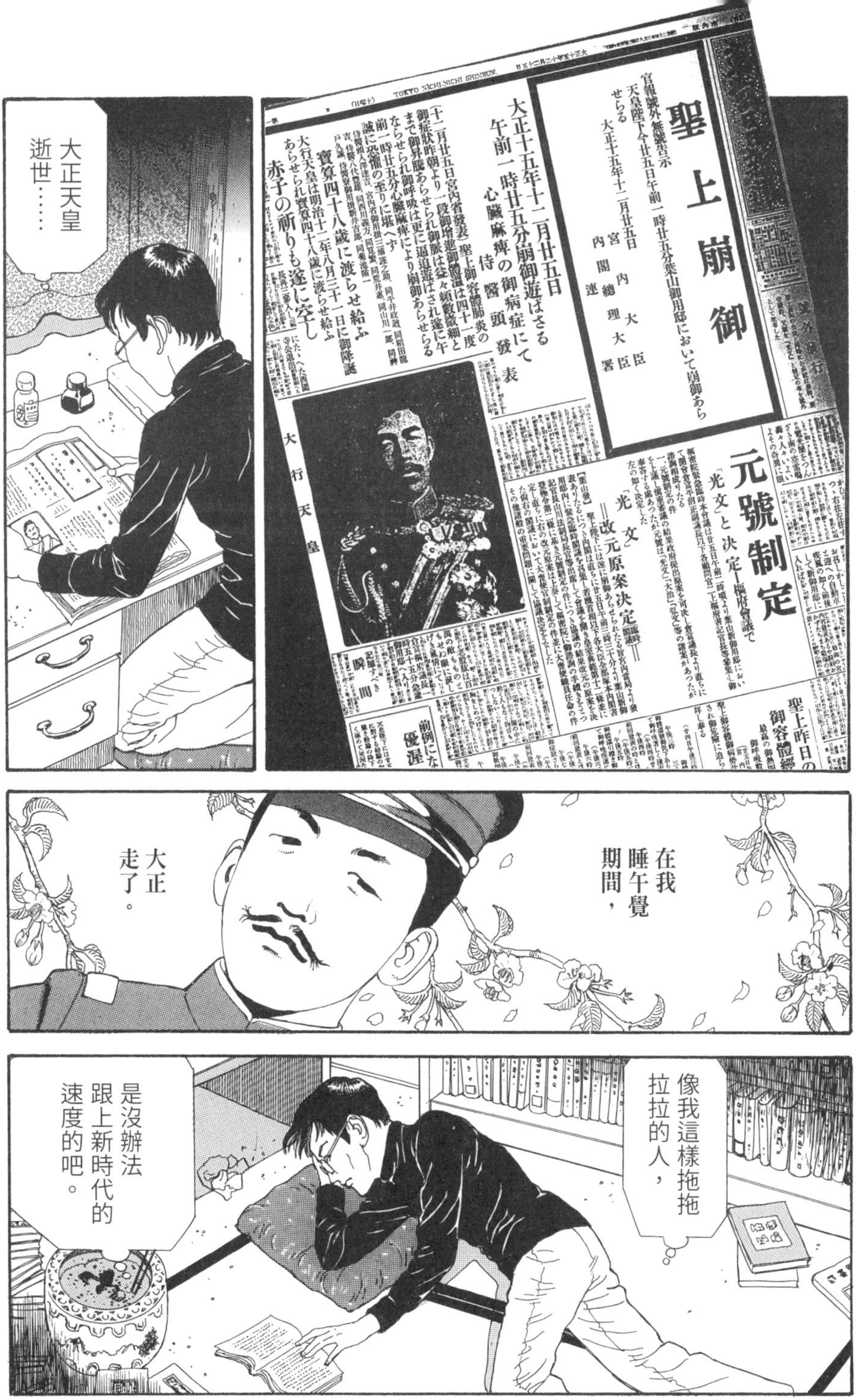
聖上崩御
官報號外無號告示
天皇陛下今廿五日午前一時廿五分葉山御用邸において崩御あらせらる
大正十五年十二月廿五日
宮內大臣
內閣總理大臣
元號制定
「光文」と決定 樞府會議で
大正十五年十二月廿五日午前一時廿五分崩御遊ばさる
心臟麻痺の御病症にて 侍醫頭發表
寶算四十八歲に渡らせ給ふ
赤子の祈りも遂に空し
大行天皇
大正天皇逝世……
在我睡午覺期間，
大正走了。
像我這樣拖拖拉拉的人，
是沒辦法跟上新時代的速度的吧。

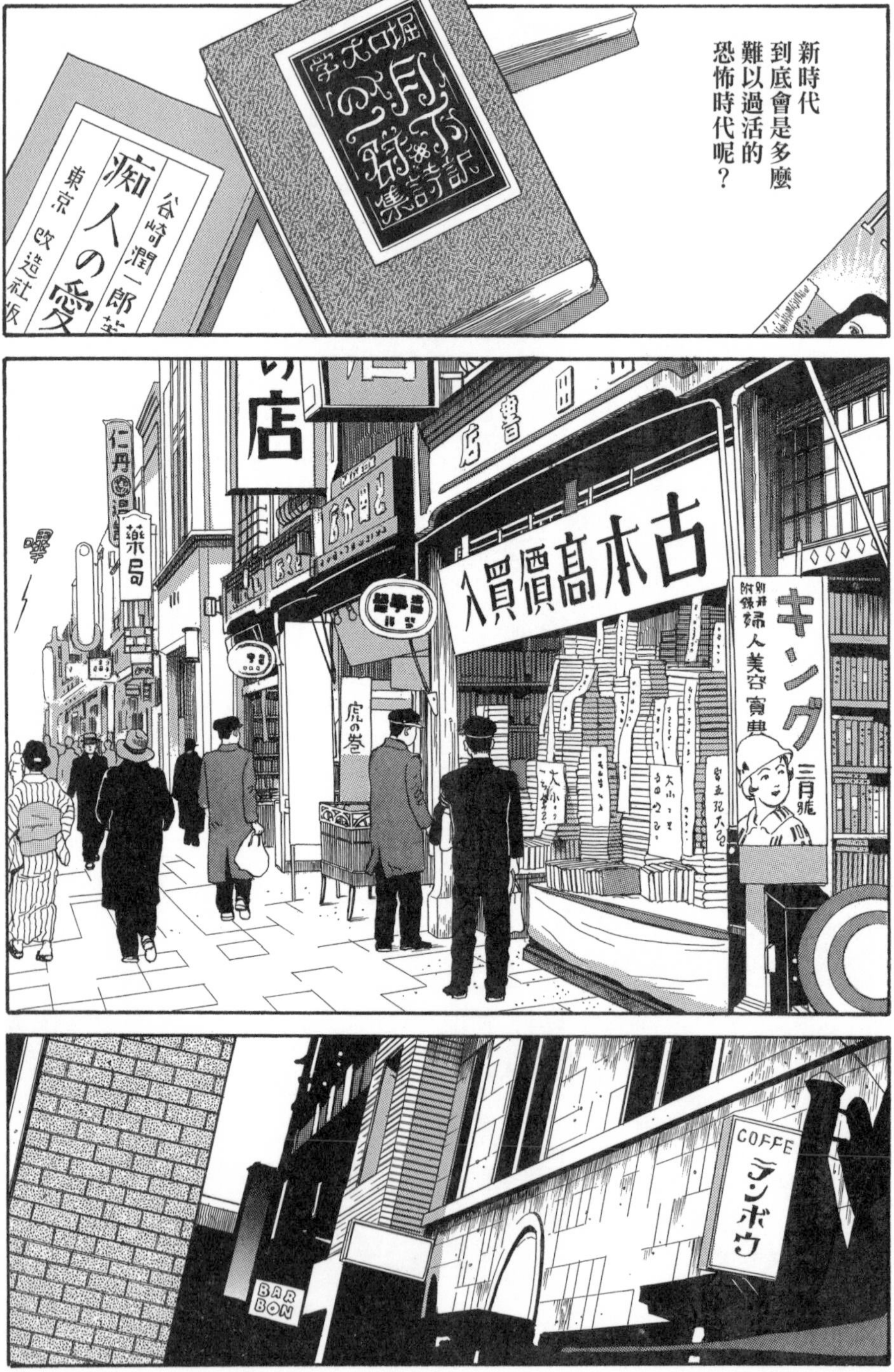
新時代
到底會是多麼
難以過活的
恐怖時代呢？
堀口大學
月下の一群
譯詩集
痴人の愛
谷崎潤一郎
東京 改造社版
古本高價買入
キング
別冊附錄
婦人美容寶典
三月號
仁丹
藥局
嘩
COFFE
ランボウ
BAR
BON

《RA的故事》
人見廣介
主角偶然獲得鉅富。
他用那筆錢建造了平日夢想的地上樂園。
……

又是烏托邦小說嗎……
人見，你似乎相當喜歡愛倫坡的《阿恩海姆樂園》呢。
而且還有「如果給我萬貫之財」這裡，
這個……好像在哪讀過。
窣窣…
不，我不是說這樣寫不行呀。
但你太往自己的興趣嗜好鑽啦。
試著多寫一些周遭發生的事情如何呢？
而且你住處附近就有花柳街了。

小說題材要多少有多少。
我以前也說了，
我對那些不感興趣。
謝謝惠顧。
現實中哪有什麼有趣的事呢。
（咻——）
ヒュウウウ
地下鉄ストア
初冬の大売出し

友愛館

如果給我萬貫之財，
海底隧道
強化玻璃板
我要買下一片廣大的土地——
使役數百、數千人，建造出我平日設想的，
地上樂園、美之國度給你們瞧瞧。
機械の國

（啪沙）
哎…
頭好癢。
眞想喝個一杯呢。
有誰能請我嗎…
（叩叩）
人見先生！
（叩叩）
（叩叩）
人見先生，你在吧!?
催繳房租嗎？
蓋地上樂園前，
先繳下榻處房租吧。
哈哈哈哈哈哈哈哈哈

半年後

（沙——）
サァァ
雨眞會下呢。
已經六月了嗎。
時間倒是不斷流逝，
沒在管我。
サァァァ
（沙——）
（啪）
ピシッ
房租已經付啦……
（咚咚）
人見，我是兔月書房。
喔！
打擾了。
請進。

我在想你可能手頭很緊吧。
謝謝。
……
他死了咧。

我是說你的兄弟，菰田源三郎。
咦!?

學生時代，你和菰田長得一模一樣，
簡直像雙胞胎那般容易認錯。

我們經常說你們是雙胞胎來鬧你們，
不過你們自己也很在意這回事吧。
對方是紀州第一富豪家的大少爺，
我卻是連下榻處房租都欠繳的窮學生呢。

看看這個吧。
過世半年前的菰田。
昭和的領頭羊們③—
菰田源三郎氏
如何？
有眼鏡和鬍子的差異，
不過你們到現在還是很相像。
（啪沙）
才不像呢！

（咚 咚）
（咚 咚 咚）
《RA的故事》，我也許會刊出來。
再會了！
（咻——）
那個菰田死了……！

三重縣第一富豪菰田源三郎
香竄葡萄酒
他有氣喘的老毛病。
突然的發病迎來過早的死亡！

那又如何!?
哈哈哈哈哈
你在想什麼?
雨停了呢。
太荒唐了!
エビス堂
大黒
愛玉子
蝙蝠亭

蝙蝠亭
旅館
人死後……
啊！

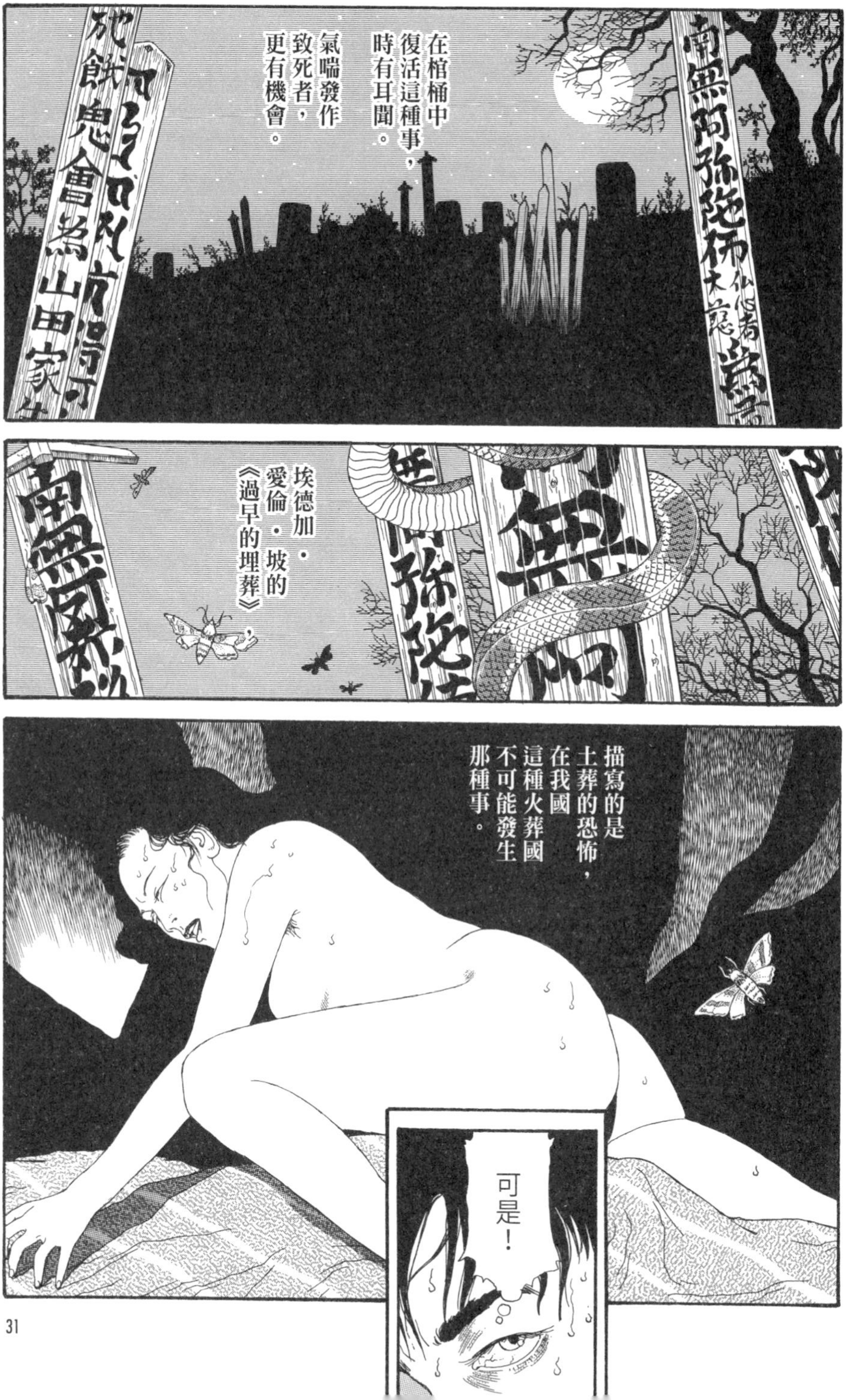
在棺桶中復活這種事，時有耳聞。
氣喘發作致死者，更有機會。
埃德加．愛倫．坡的《過早的埋葬》，
描寫的是土葬的恐怖，在我國這種火葬國不可能發生那種事。
可是！

菰田所在的鄉間奉行土葬。
像菰田那種資本家家族，更是忌諱火葬。
痛！
如果，
死去的主人在一週後復活歸來……
眞笨呢。
對……我的想法只是愚蠢的妄想。

不過……那愚蠢的妄想，
啊……
啊
啊
啊
啊
啊
啊
啊……
將我體內照得通紅。
（喀唧）
（喀唧）
カラーン
カラーン
還猶豫什麼！

消滅人見廣介，
化身爲菰田源三郎吧！

第二章

ズオォォォ
（嘟——）
（喀答 空隆 喀答 空隆）
ガタン
ゴトン
ゴトン
ガタン
（喀答）
該調查的事：：
ガタン
ゴトン
（喀答 空隆）
菰田下葬了嗎？
墓挖得開嗎？
ゴトン
ゴト
（空隆 空隆）

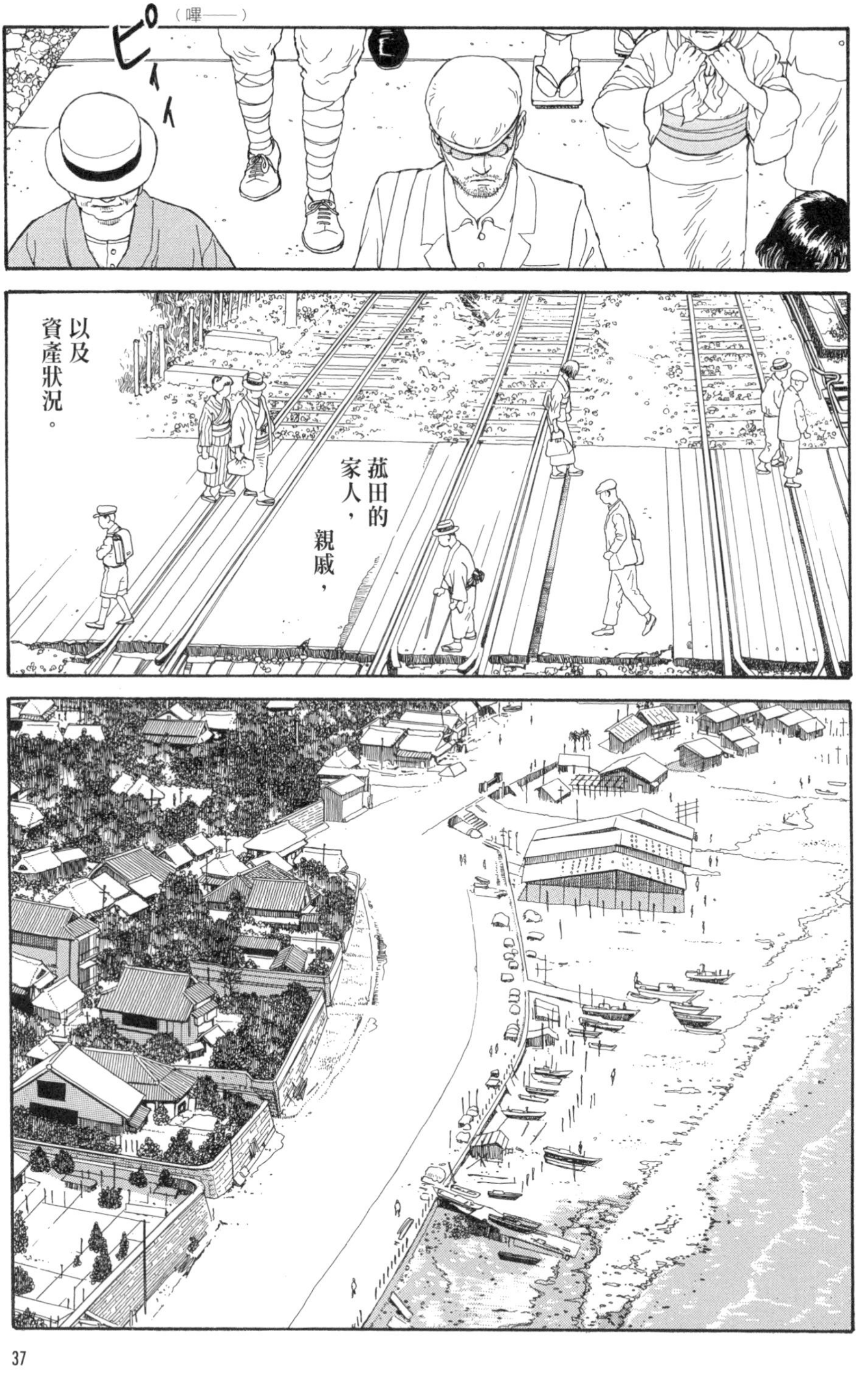
ピィィ
（嗶——）
菰田的家人，親戚，
以及資產狀況。

哎呀！
アラキ衣料店
是菰田家的夫人！
咦!!

ガタン
ゴトン
ガタン
ゴトン
ゴトーン
（喀答 空隆 喀答 空隆）
ガタン
ガタン
（喀答 喀答）
ゴトン
ゴトン
……
（空隆 空隆）
ボオオオオ
（嘟——）

(咚 咚)
哎呀，人見先生。
(咚 咚)
哼，三流小說家。
(砰)
バタン
菰田死五天了。
得趕快行動才行！

（空隆　空隆）

（空隆）

大君
逝
（沙）
ザァァ
（沙）
ザァァ
（沙沙）
ザァァァ

ザアァァ
（沙—）
唔！
嚓
ガラン
（喀啷）
TAPEN
ピッ
（亮）

不得了了！
懸崖下
有人死了！
ダダ
（噠噠）
有人死了!?
眞的!?
啊！
火車的
時間！
哇啊啊
喂，
給我
等等!!
ドマーー
（咚沙）

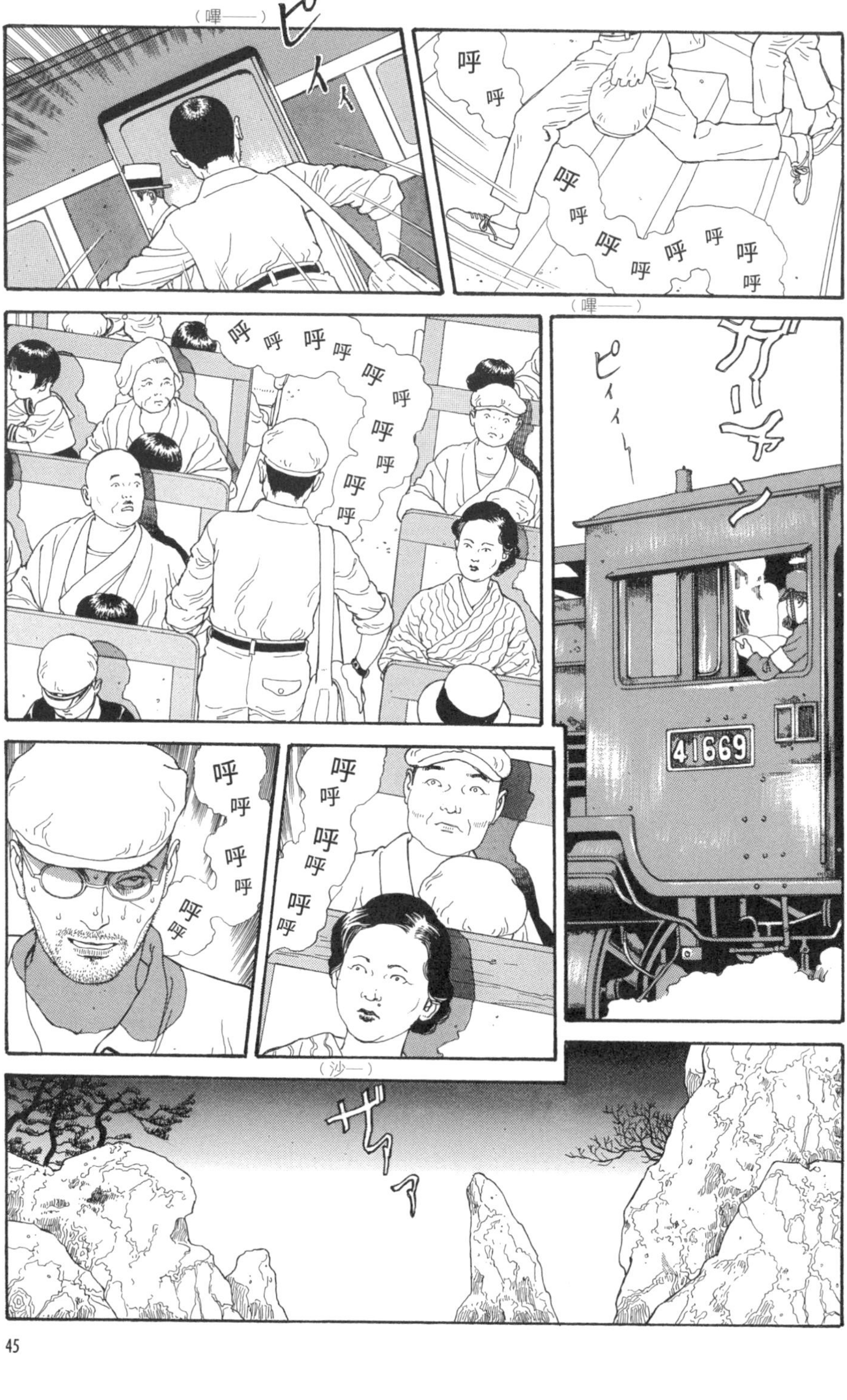

呼 呼
呼 呼 呼 呼 呼 呼 呼 呼 呼
（嗶——）
ピイィ
（喀鏘）
ガチャン
（嗶——）
ピイィ〜
呼 呼 呼 呼 呼 呼 呼 呼 呼 呼 呼 呼
呼 呼 呼 呼 呼 呼
呼 呼 呼 呼 呼 呼 呼
（沙—）
ザァァ

安眠藥。
沾血的手巾，旅館的木屐。
遺體沒找到嗎？
大君逝
良世逝
吾亦逝
應往樂園去
廣介

CHUJOTO
中将湯
ちうじやうたう
CHUJOTO
中将湯
ザアァア
（沙—）

南無阿弥陀佛
仏心者

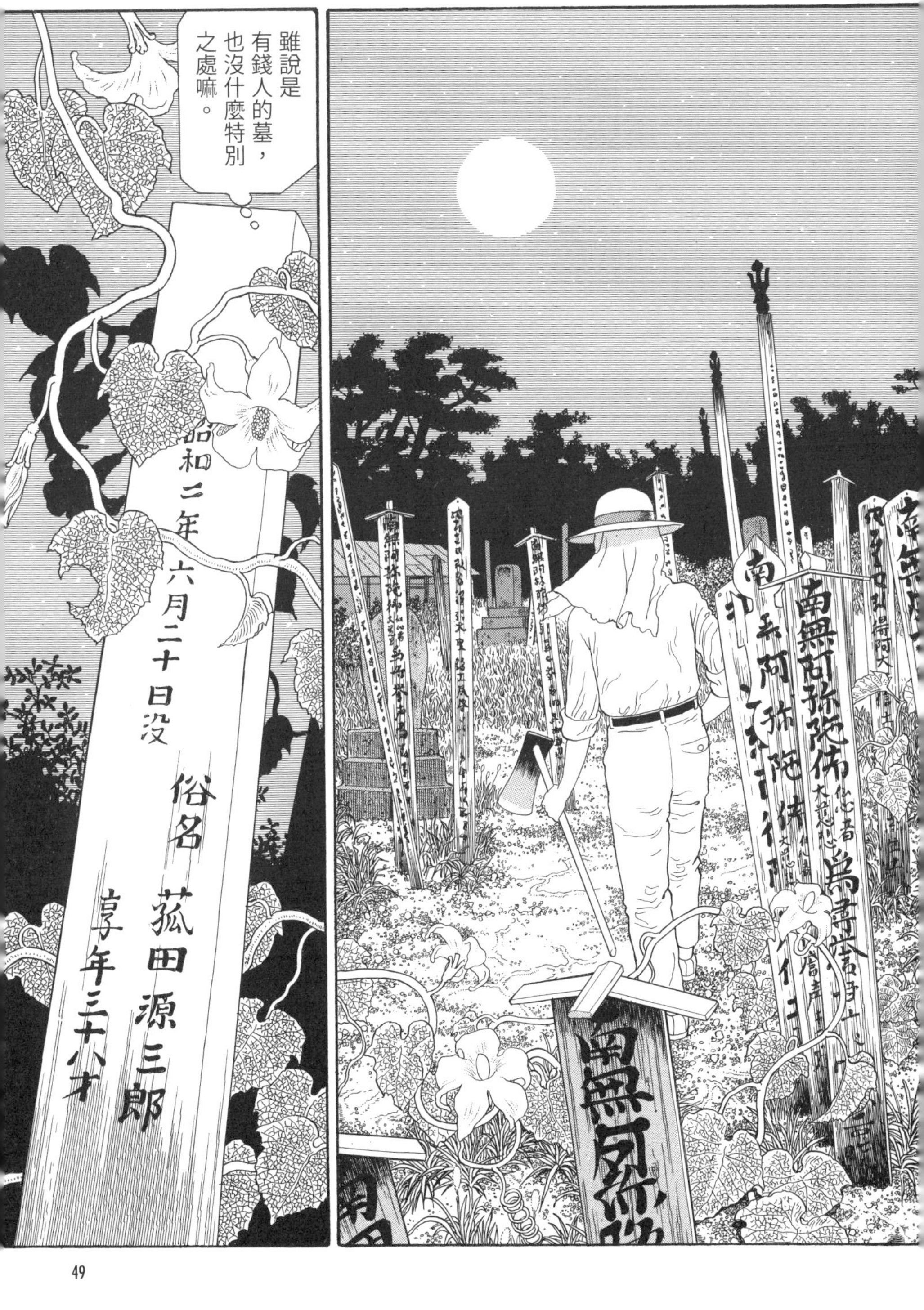
雖說是有錢人的墓，也沒什麼特別之處嘛。
昭和二年六月二十日沒
俗名 菰田源三郎
享年三十八才
南無阿弥陀佛

菰田，原諒我！
嚇！
（啪答　啪答）
（喀）
看來沒必要點燈，
靠月光就夠了。
昭和二年六月二十日沒
俗名　菰田源三郎
享年三十八才
（喀　喀　喀）

（嚓）
ザッ
棺木！
（喀）
ガッ
（嘎嘎）
（嘰嘰嘰）
ギギッ
ギッ
（啪嘰）
バキッ
唔…！

喔喔喔……!!!
菰田!?
這是他……!?

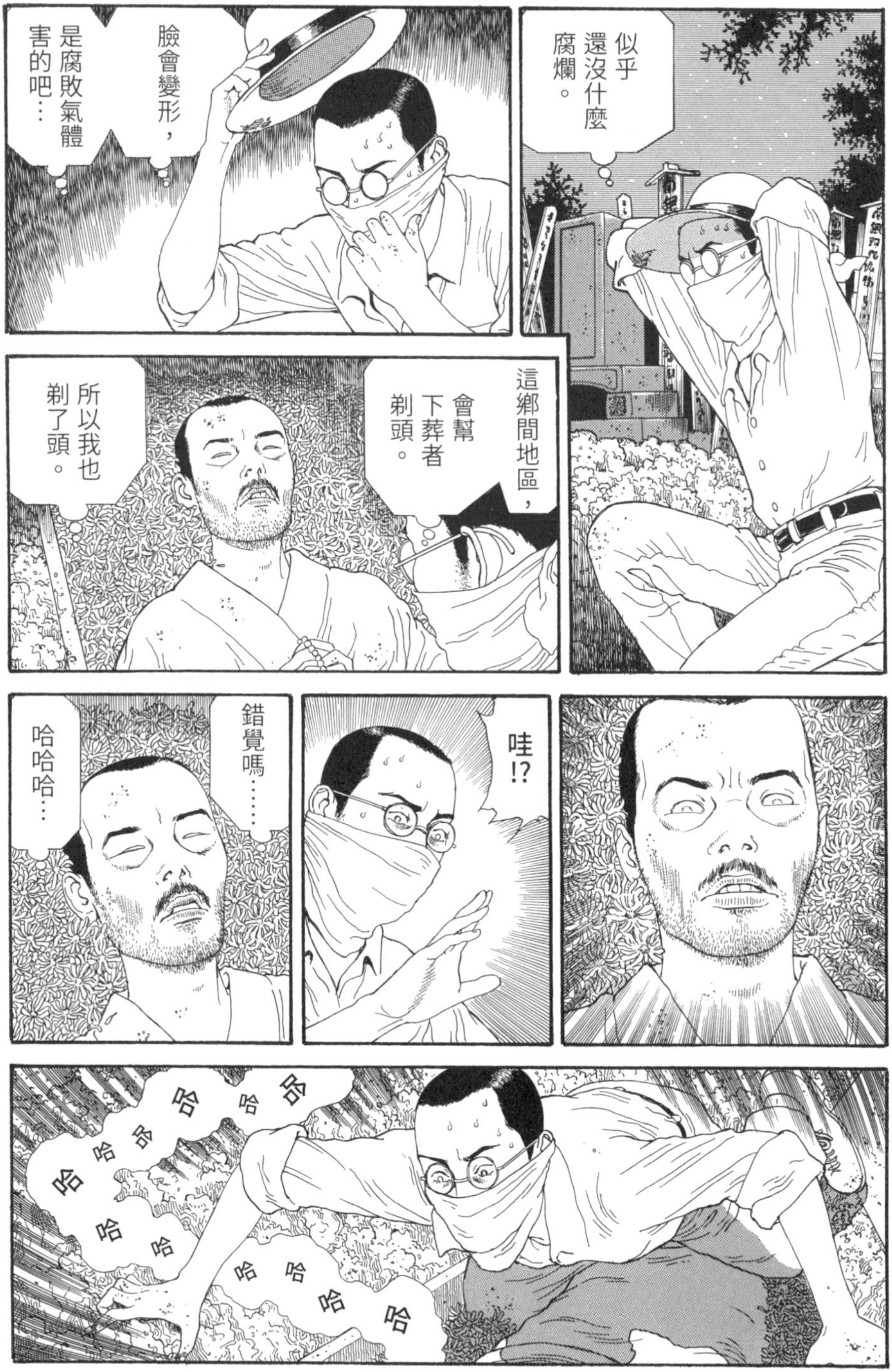
似乎還沒什麼腐爛。
臉會變形，是腐敗氣體害的吧……
這鄉間地區，會幫下葬者剃頭。
所以我也剃了頭。
哇!?
錯覺嗎……
哈哈哈…
哈哈哈哈哈哈哈哈哈哈哈哈哈

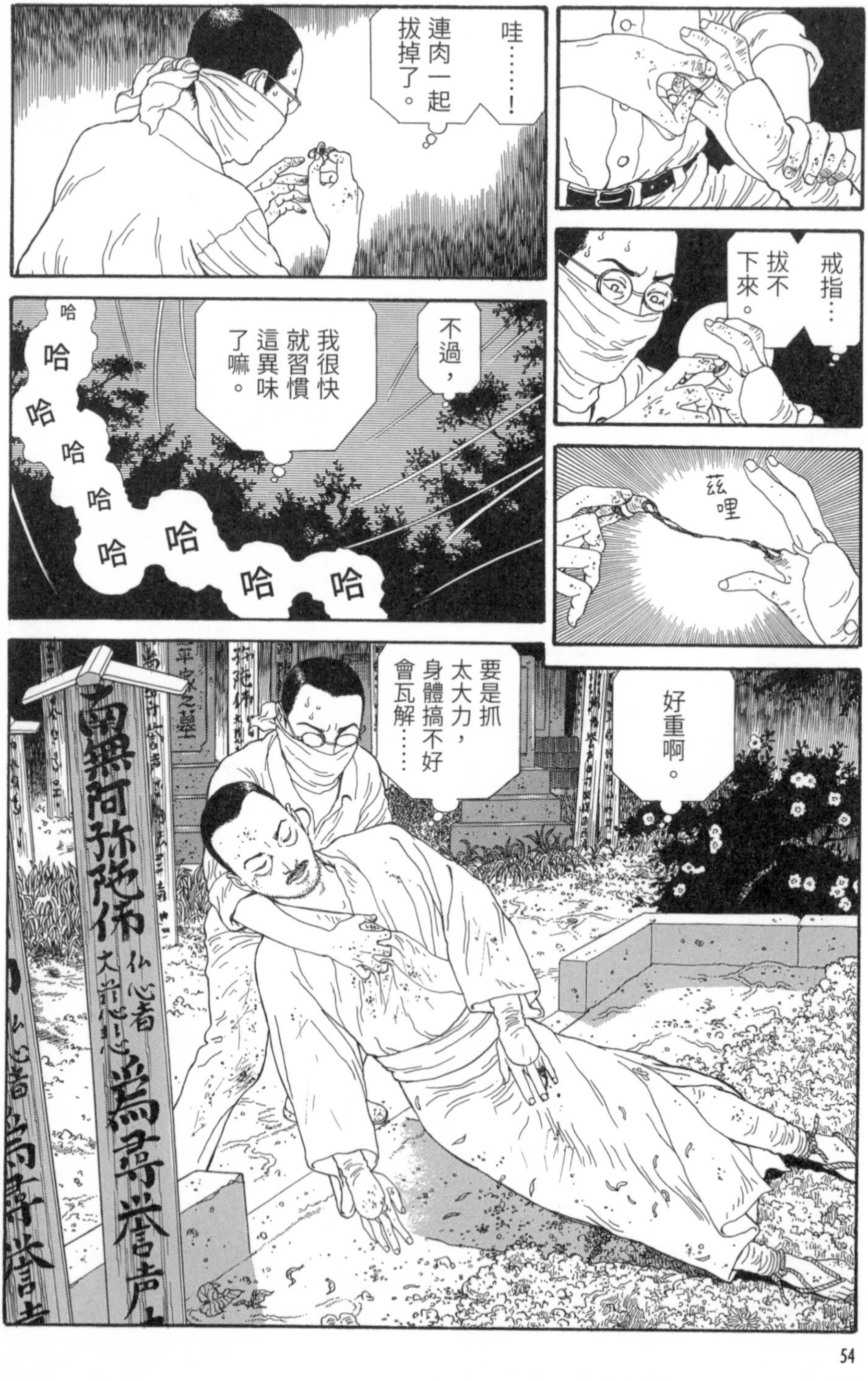
哇……！
連肉一起拔掉了。
戒指……
拔不下來。
茲哩
不過，
我很快就習慣這異味了嘛。
哈哈哈哈哈哈哈哈哈
好重啊。
要是抓太大力，身體搞不好會瓦解……
南無阿弥陀佛

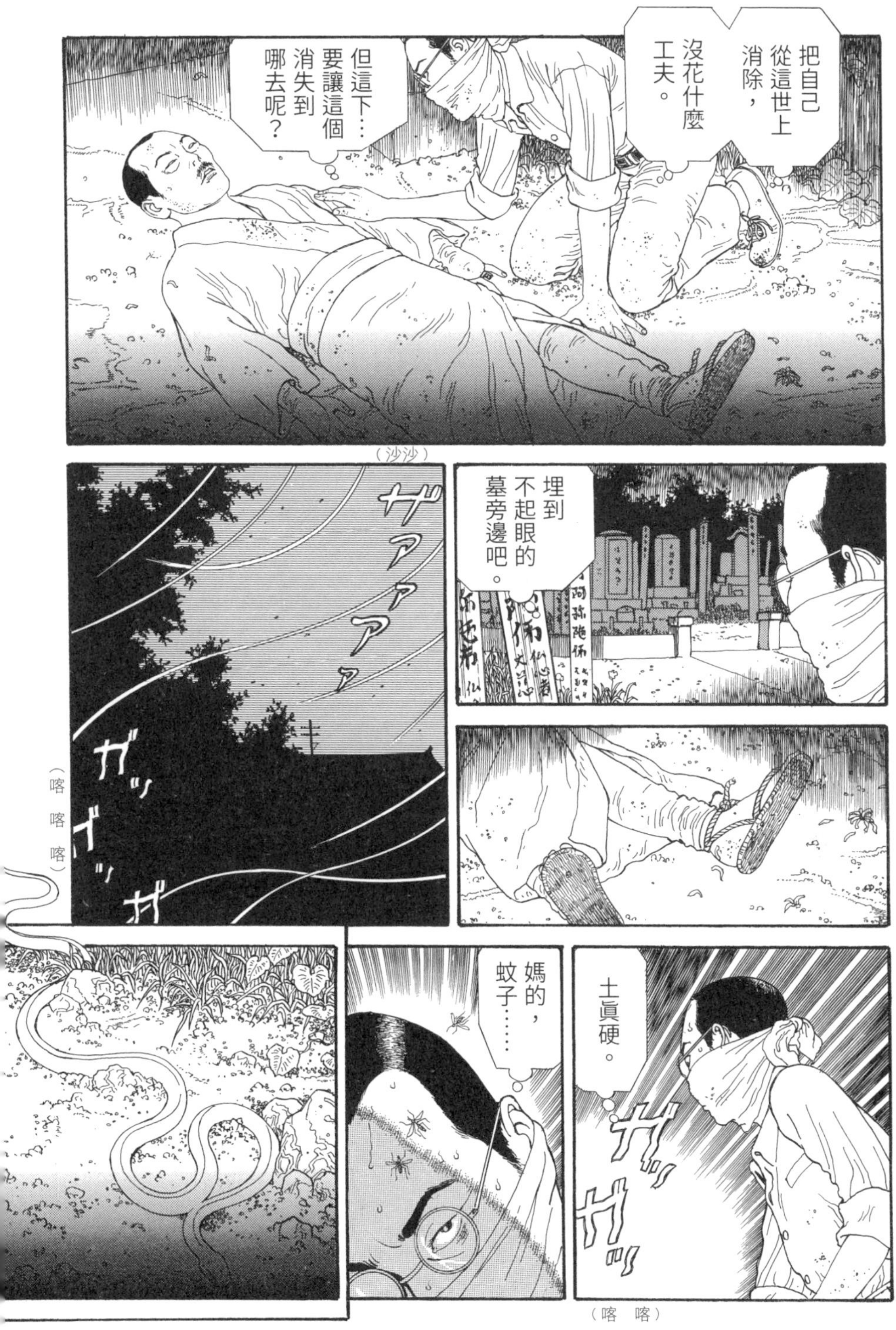
把自己從這世上消除，沒花什麼工夫。
但這下…要讓這個消失到哪去呢？
（沙沙）
埋到不起眼的墓旁邊吧。
ザァァァァ
ガッ ザッ ザ
（喀 喀 喀）
土真硬。
ガッ ガッ
（喀 喀）
媽的，蚊子……

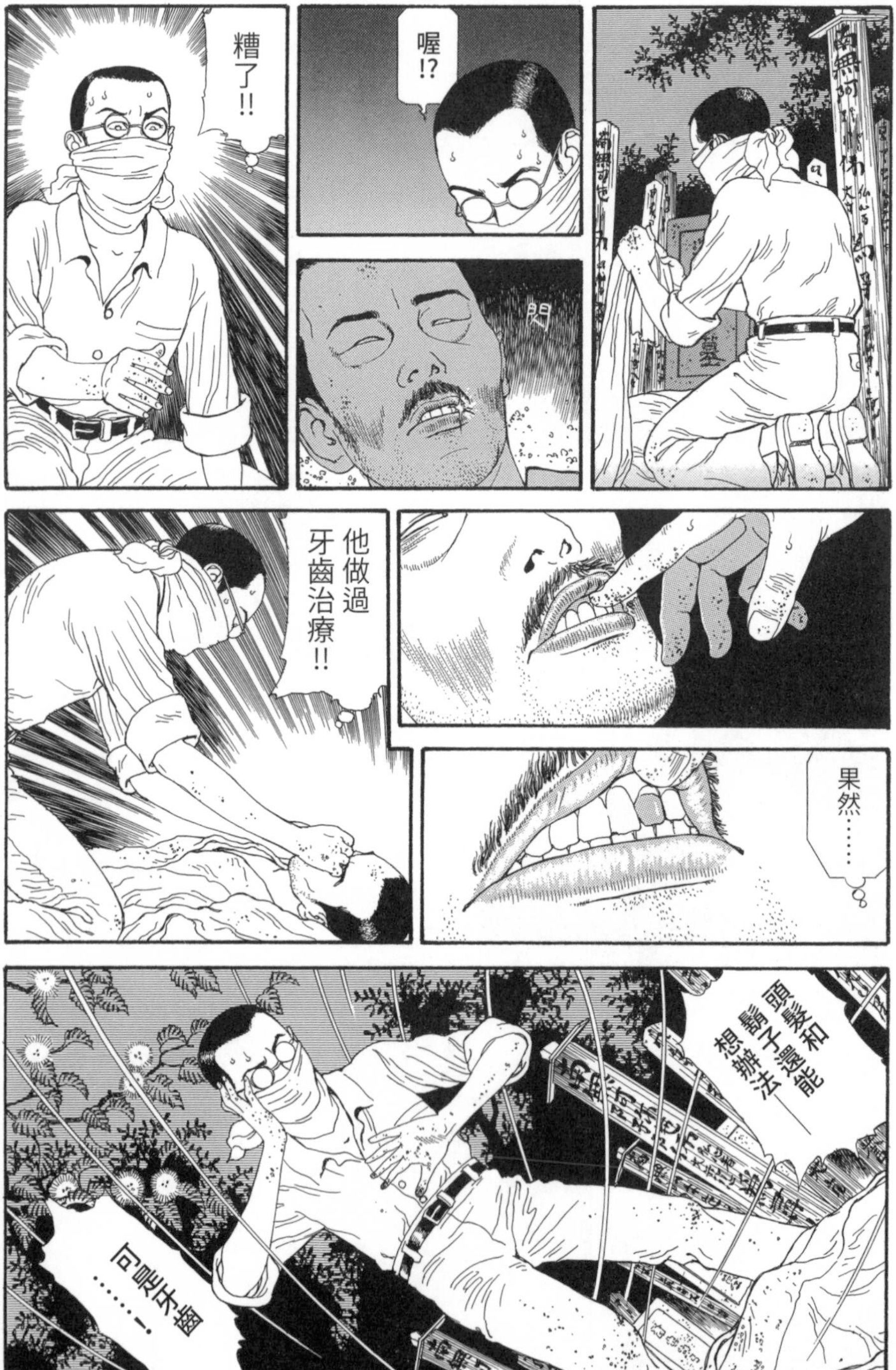
喔!?
閃
糟了!!
果然……
他做過牙齒治療!!
頭髮和鬍子還能想辦法——
可是牙齒……!

把這牙齒——
嘰哩嘰哩
（轟）
ゴォォォ
和我的對調。
唔唔……
竟然做到這種地步了……

菰田呀，
我接下來要
說的話沒有
半點虛假：
我以前
就覺得
和你很親，
而且是超越
血親地親。
阿弥陀佛
仏心者
大慈悲為

撒上枯葉，把重新翻土的痕跡遮住了。
不過……這樣就行了嗎？有沒有漏看什麼呢？
為了完成我的計畫，再小的疏忽都不能發生。

咦？
有東西躺在那裡。
什麼？
這啥啊？
是死人啊!!
死人啊!!

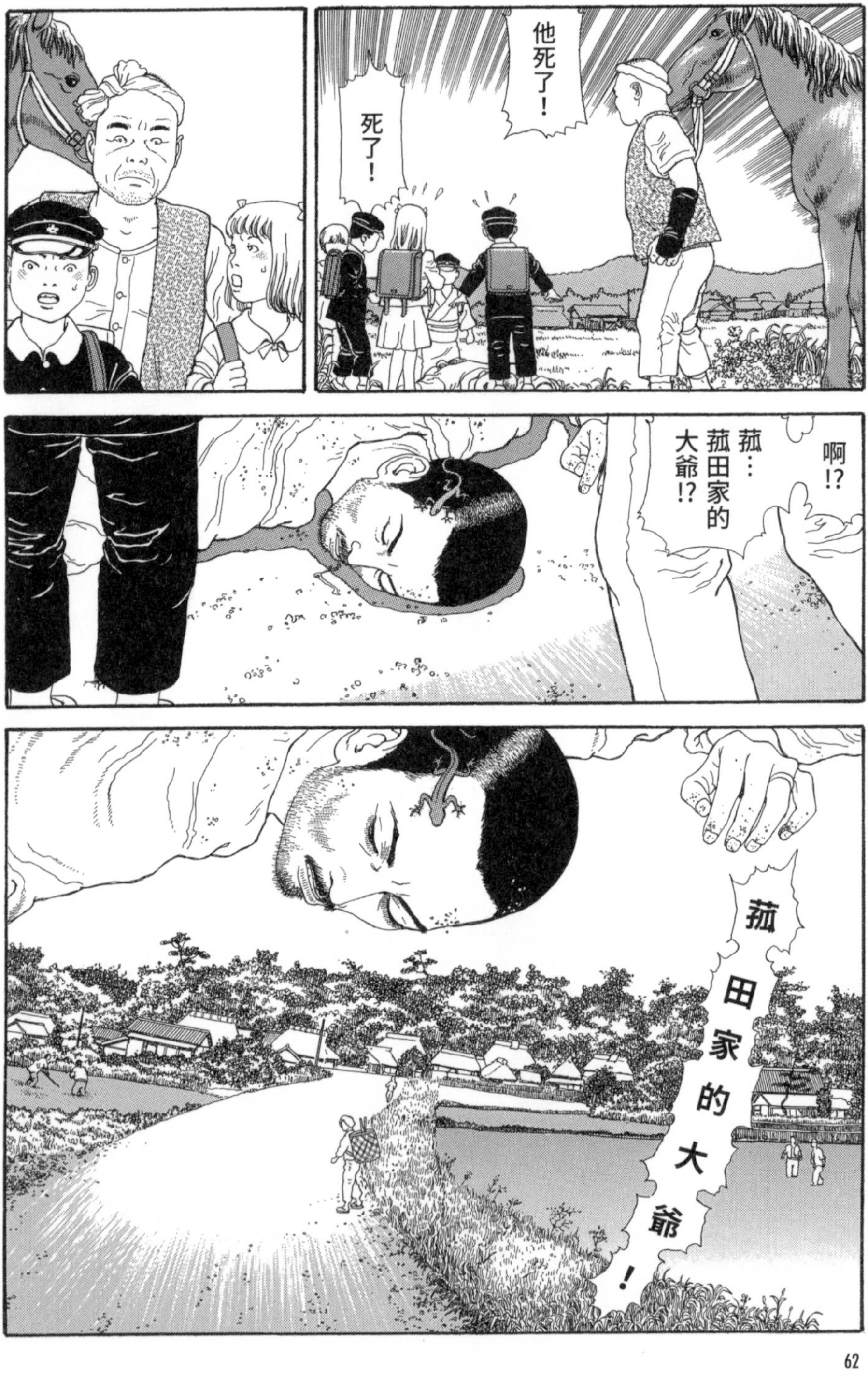

他死了！
死了！
啊!?
菰…菰田家的大爺!?
菰田家的大爺！

菰田家的大爺復活了！
他從墓地出來了！
眞難以置信！
菰田家的大爺——！
怎麼會!?
死掉的人復活了!?
怎麼一回事呀？

輕輕地，
把頭放到乾草上。
（喀啦喀啦）
不用趕喔。
盡量別晃到他。
ラガラガラ
ラ
（喀啦喀啦）
（喀啦喀啦）
慢慢地……

第三章

（匡啷）

（咚沙）

（咚）
搞什麼!!
趕快準備熱水!!
對、對不起！
（砰）
夫人呢？
我撥過電話給她了。
她馬上回來——
夫人在大阪。
讓各位費心了。

勞煩您前來了。改天我會過去報告狀況。
喔，是警察署長。
如何呀？裡頭是什麼情形？
您和菰田氏說到話了嗎？
大夫！
這是奇蹟！

內臟功能低下，
但並非處於危險狀態。
不過保險起見，還是讓他住院吧
爲什麼會發生這種事——
這叫強直性昏厥。
（喀答）
ガタ

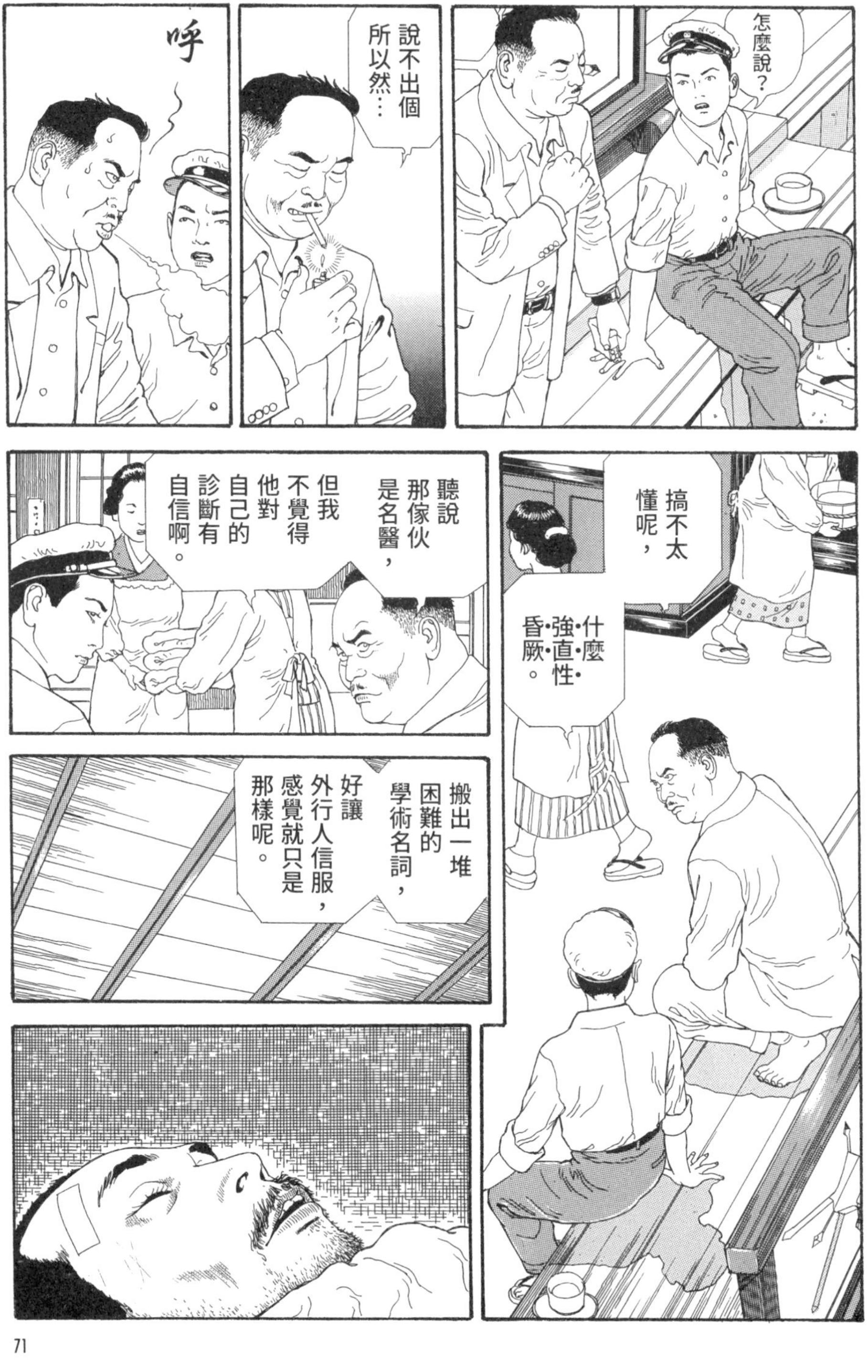

怎麼說？
說不出個所以然…
呼
搞不太懂呢，
什•麼•強•直•性•昏•厥。
聽說那傢伙是名醫，
但我不覺得他對自己的診斷有自信啊。
搬出一堆困難的學術名詞，
好讓外行人信服，感覺就只是那樣呢。

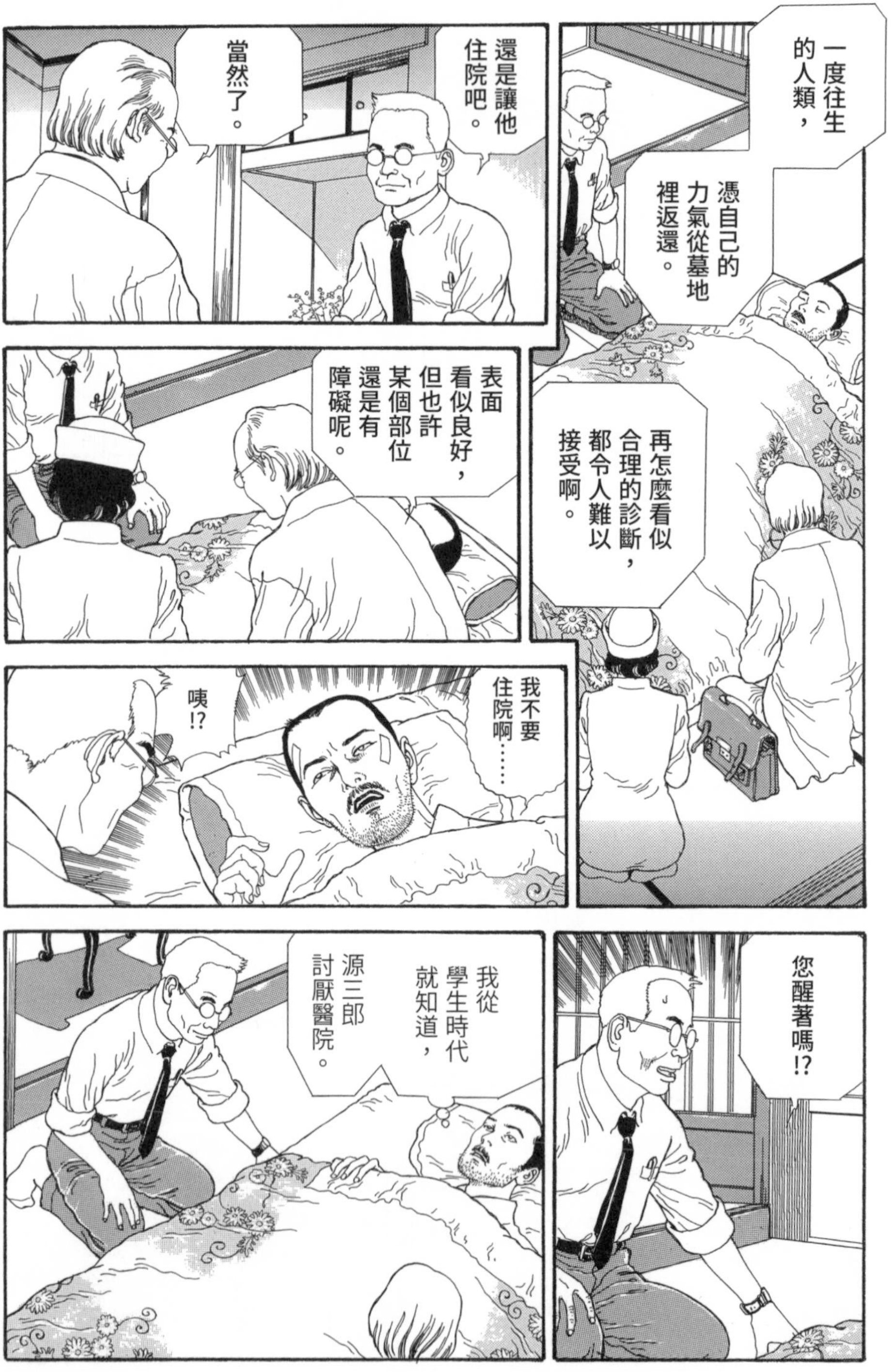
一度往生的人類，
憑自己的力氣從墓地裡返還。
再怎麼看似合理的診斷，都令人難以接受啊。
還是讓他住院吧。
當然了。
表面看似良好，但也許某個部位還是有障礙呢。
我不要住院啊……
咦!?
您醒著嗎!?
我從學生時代就知道，源三郎討厭醫院。

(唰)
啊！
唔……
請您躺下。
我餓了。
火の用心
(轟——)

爲了讓自己稍微更接近死人一點，
我整整兩天沒吃東西了。
他們一直盯著我看…
會不會是覺得哪裡怪怪的？
會不會從拿筷子的手勢，看穿我是冒牌貨？
唔!?
啊…
請問，怎、怎麼了嗎？

先前治療的牙齒掉了。
這大叔就是掌管菰田家金庫的角田嗎？
如果……
得不到這角田的協助，我就無法實現那個脫離常理的事業。

喂～～～!!
嚇壞我啦！
他眞的活過來了嗎？
什麼啊，眞慢呀。
他很有精神，已經在吃飯囉。
飯！
見到本人之前，我無法相信。
對啊。
搞不好是神似菰田的傢伙偽裝成他，打算奪取他的資產呢。

啊！
大爺正在休息，
無法會客。
請回吧。
你說那什麼話！
我們很擔心，才特地——
擔心……
擔什麼的心呢？
你說什麼!!

親愛的！
千代子！
我好高興！

不行！
不能對這女人掉以輕心。
她必定會成為我事業的最大阻礙。

只有
妻子
知道的事。
咦……?
怪了……
這地方有痣。
誰!?
是誰!?
唔……!!
你是…

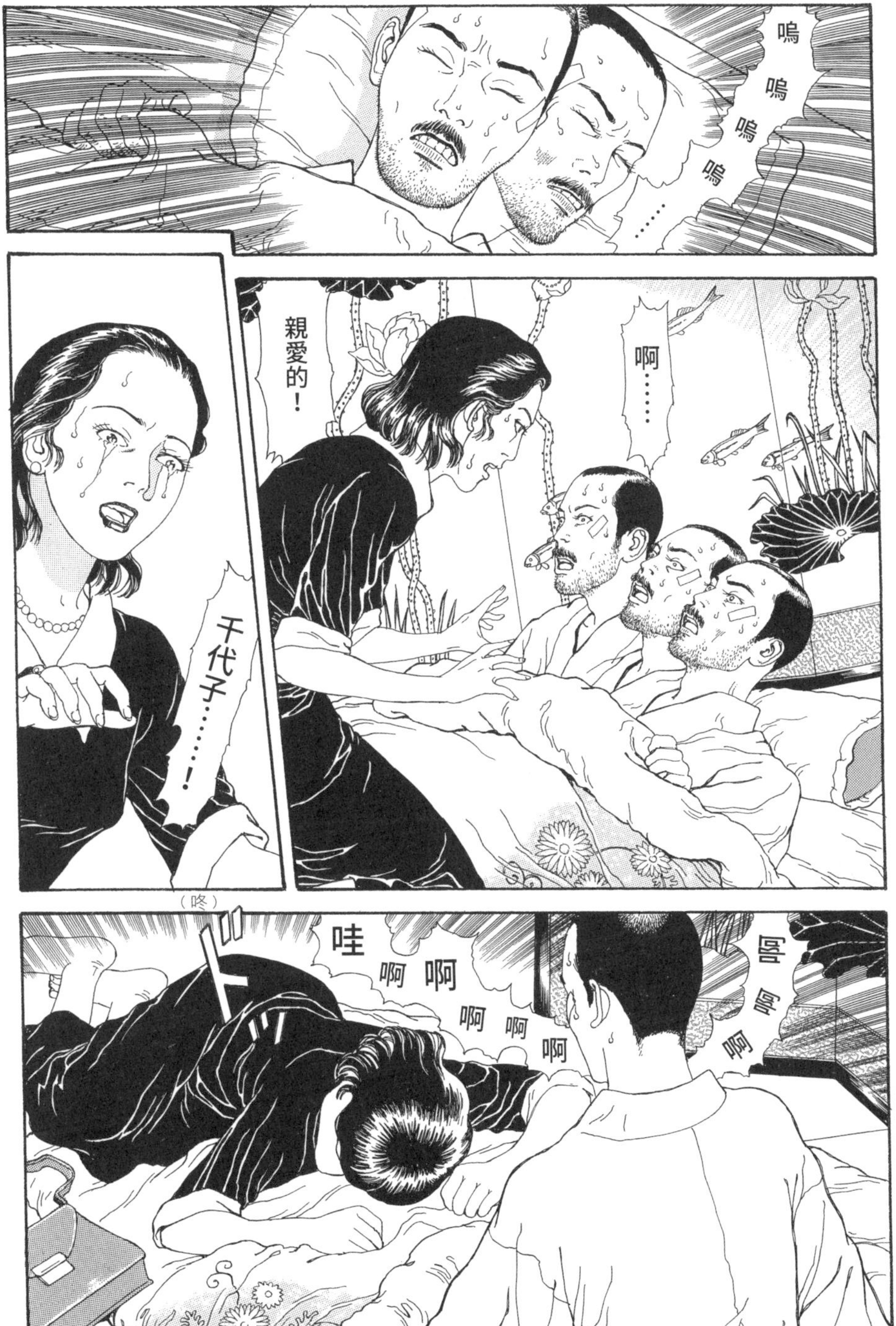
嗚嗚嗚嗚……
親愛的！
啊……
千代子……！
(咚)
哇啊啊啊啊啊
唔唔啊

親愛的……我好開心！
好開心呀，我……

菰田源三郎氏 奇蹟復活
城內居民因喜悅和驚訝湧現
葬禮一週後
傷腦筋了。
沒有眼鏡……
小字讀不了。
石橋工務店送上賀禮！
大豐旅館送上賀禮！
本宮不動產送上賀禮！

農會送上賀禮!!
酒請放廚房喔。
角田先生！
是。
這是什麼呀？
那是大爺的。
治療的牙齒脫落了。
啊！
這確實是我丈夫的牙齒呢。

人的生死，眞是如夢一場呢。
角田先生，
今後也請您多多照顧我丈夫了。
喔!?
這是……
十九歲就早逝的源三郎之兄。
菰田家是早逝族系嗎？

父親也五十三歲就過世了。
源三郎夫婦的孩子在出生前夭折。
千代子流產了兩次。
千代子……美麗的女子。
可憐的女子。

不愧是菰田，
連澡堂也奢侈至極。
不過……
我的計畫將遠超過這規模。
親愛的，新內褲我放這喔。
我來幫你洗背吧？
咦!!
不…不，不用了。

大家都向我…
不對…是向菰田低頭。

菰田就是這樣的家族。
下禮拜來慶祝你大病初癒吧。
大家都會來祝賀的。

祝
菰田源三郎
石橋工

恭喜您！
恭賀您歸來。
謝謝！
接下來也請多多指教。
您……
是哪位呀？
西山啊。
「伊賀旅館」的西山。
我的腦漿畢竟死了一半呀。
ははははは
（哈哈哈哈）
不懂裝懂是大忌。
ははは
（哈哈哈哈）

儘管如此，我還是搞懂了不少事。
菰田轄下的各種事業，以及負責的幹部。
透過隨意閒聊，我也掌握了許多情報。
最重要的是，大家都認為我是菰田源三郎。

不過另一方面……
我也漸漸覺得，大家會不會已經察覺我的真面目，
卻配合我演出，然後在背地裡嘲笑我的丑角言行？
（咳 咳）
ゴホゴホ
不，我不是丑角。
我只咳了一聲，所有人的臉色就變了。
驚

要不要到其他房間躺一躺？
不…沒關係。
倒是說……
在這樣的宴席上說這個也不太好——
啥？
不……之後再提。
別聊公事吧。
祝
菰田源三郎様
菰田家的少主康復了！
這是賀禮喔～～!!
饅頭
饅頭
免費拿！
一人拿兩個喔!!

1927年7月25日
芥川龍之介氏自殺
東京連日酷暑
安眠藥
酷暑
導致衰弱。
「對未來感到
隱隱不安。」
（砰）

親愛的！
是祝賀煙火呢。
ドドーン
（砰隆）
ドドーー
（隆隆）
千代子，
等著看吧，我將發射更勝百倍的煙火。
……

第四章

土地建物
土地
カル

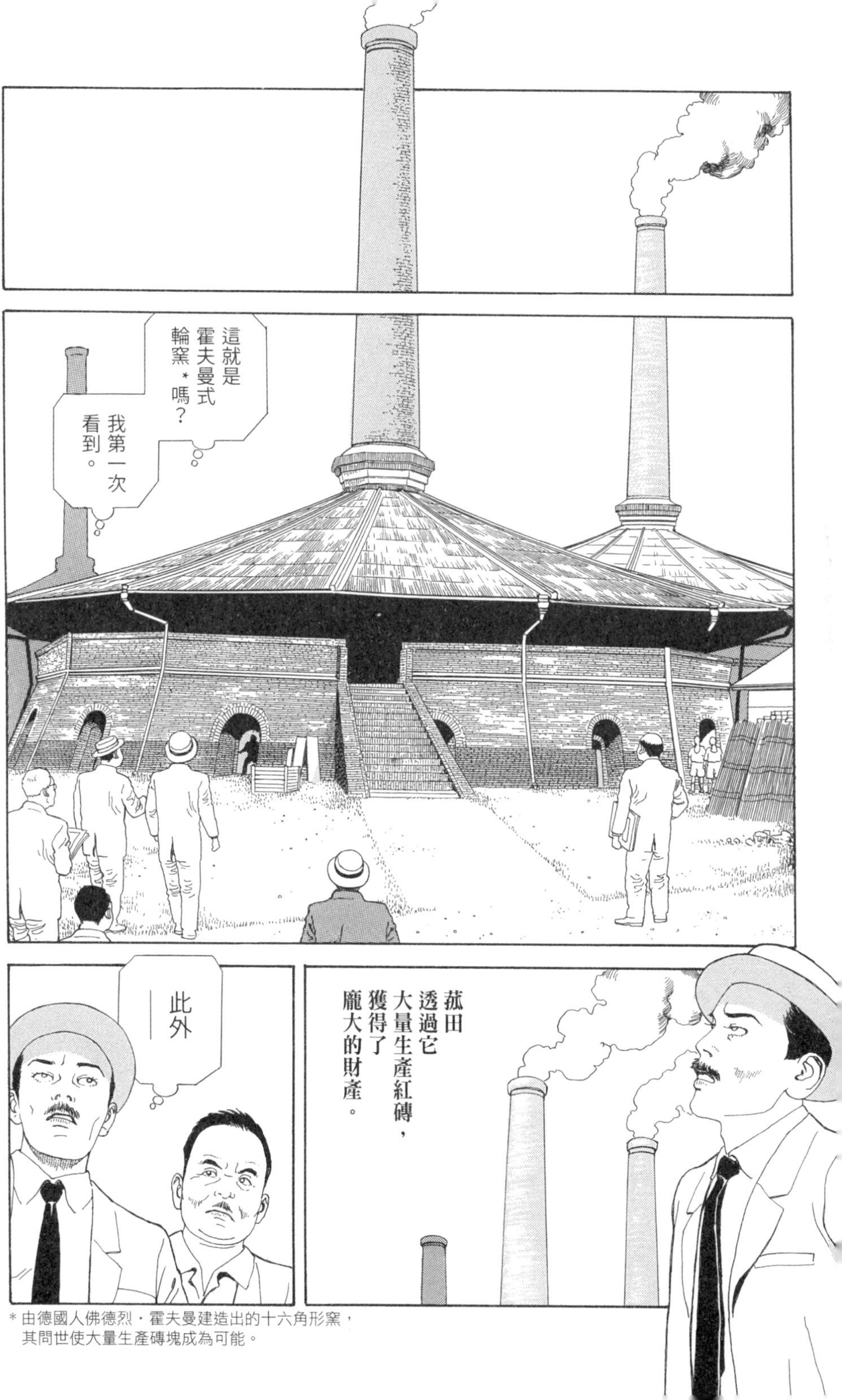
這就是霍夫曼式輪窯*嗎？
我第一次看到。
此外
菰田透過它大量生產紅磚，獲得了龐大的財產。

* 由德國人佛德烈・霍夫曼建造出的十六角形窯，其問世使大量生產磚塊成為可能。

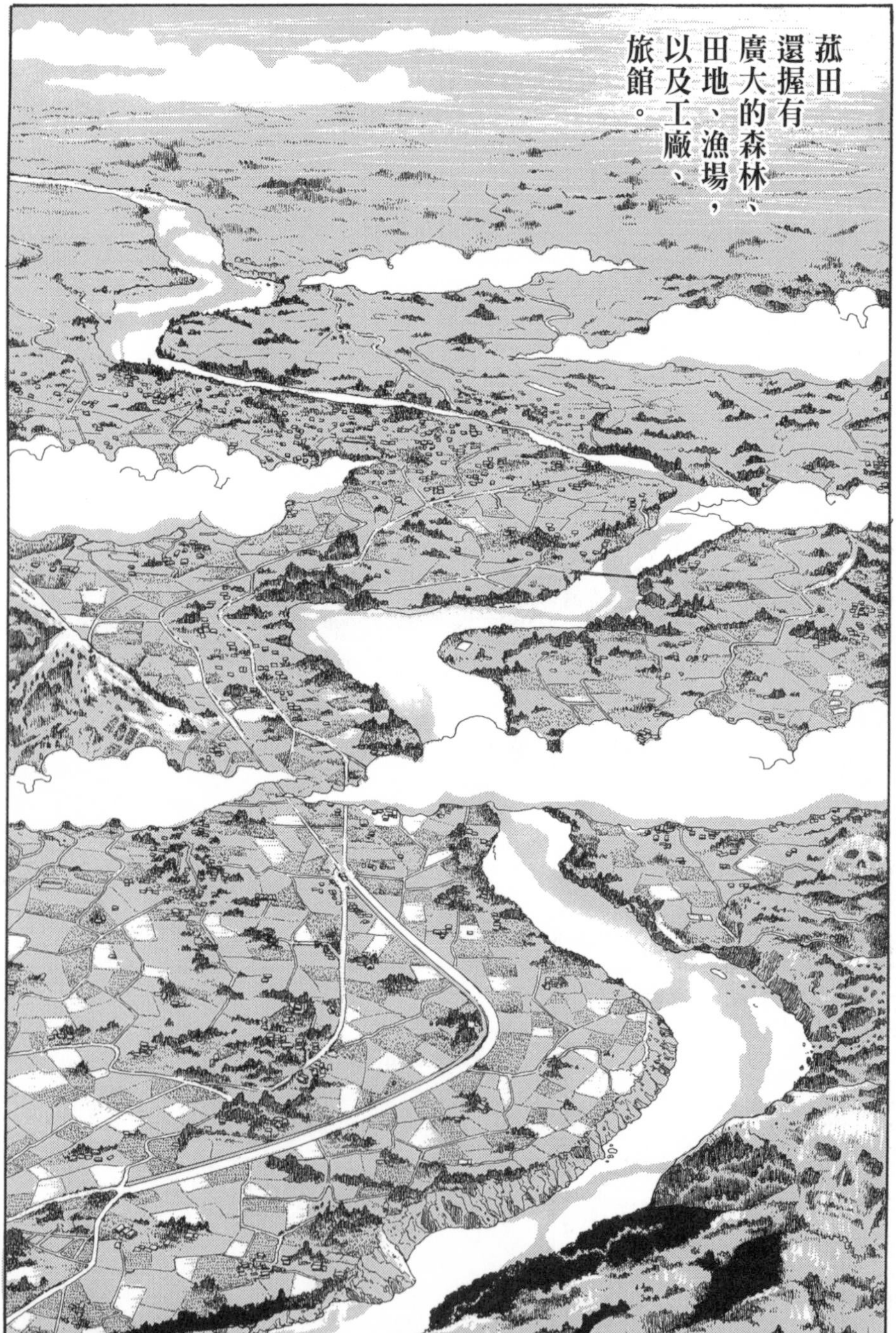
菰田
還握有
廣大的森林、
田地、漁場，
以及工廠、
旅館。

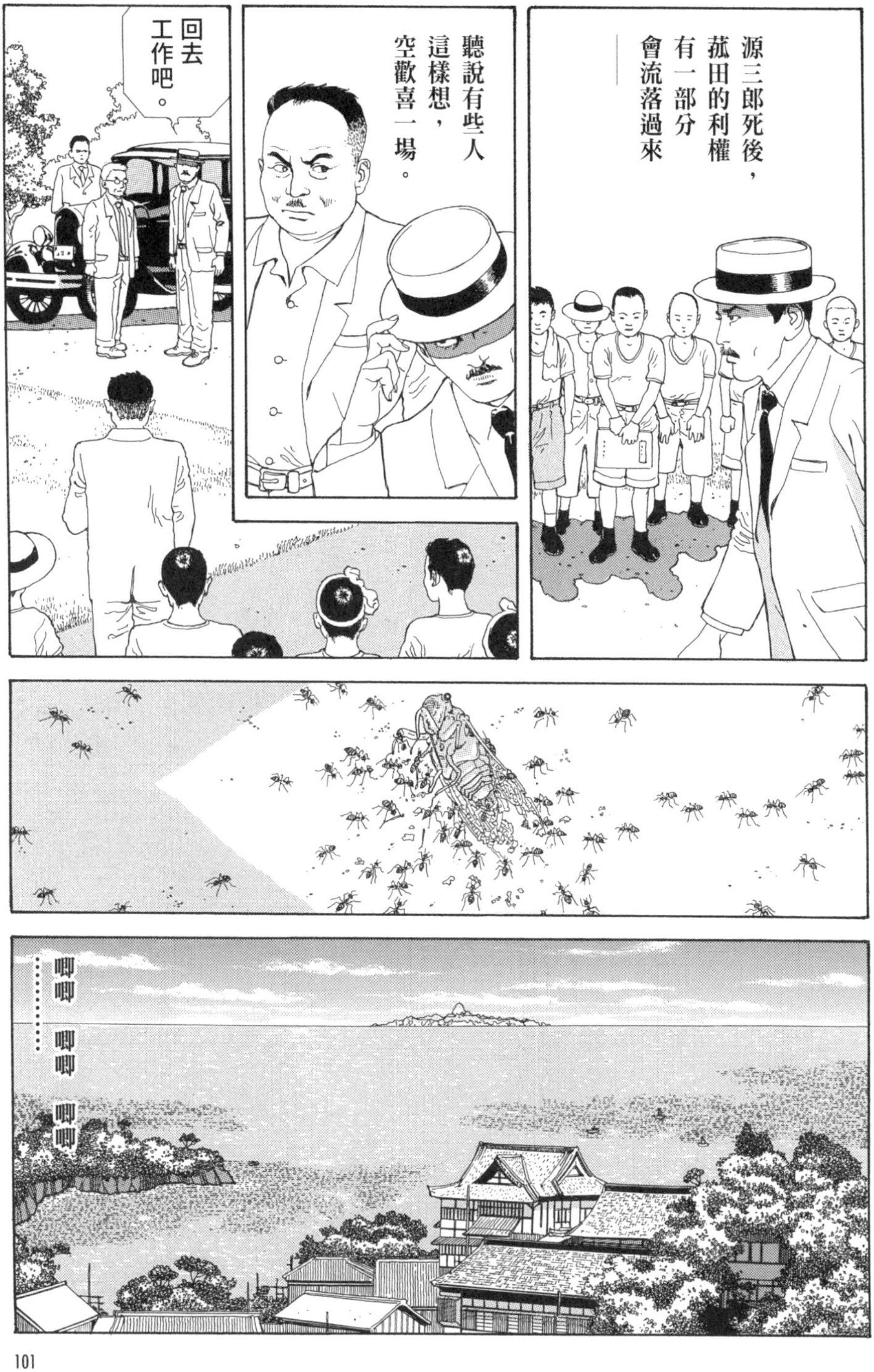
源三郎死後，菰田的利權有一部分會流落過來
聽說有些人這樣想，空歡喜一場。
回去工作吧。
唧唧……唧唧……唧唧

從這裡可以清楚看見沖之島。
在那裡打造一座遊樂園的話，
應該會很有趣吧。
遊樂園……？
在那麼冷清的離島嗎？

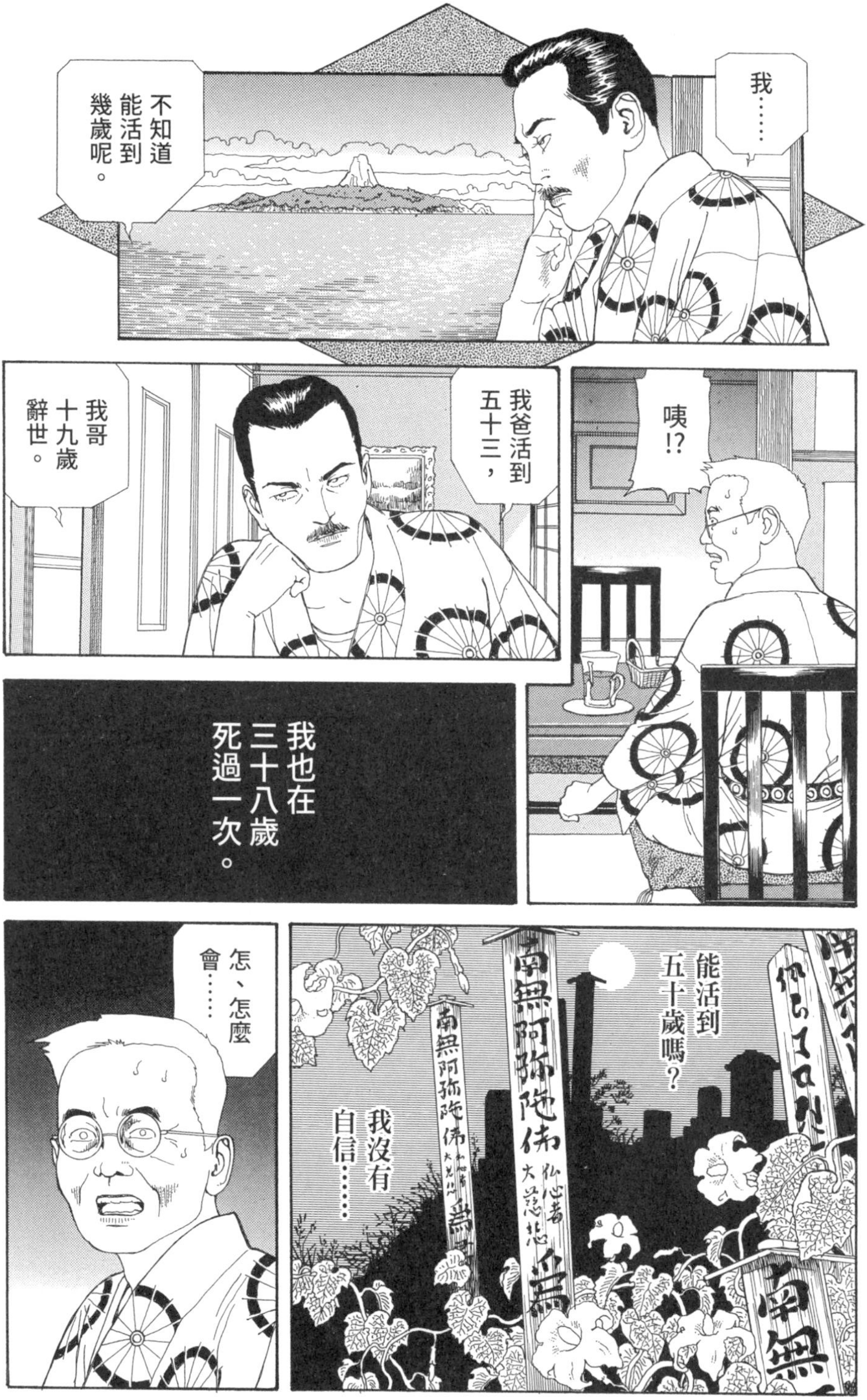
我……
不知道能活到幾歲呢。
我爸活到五十三，
我哥十九歲辭世。
咦!?
我也在三十八歲死過一次。
能活到五十歲嗎？
我沒有自信……
怎、怎麼會……

既然無法長生不死，
我想留下自己曾存活在世的證據。
我想試著實現我的夢想。
您說的「夢想」是？
打造一座遊樂園。

不是給
小孩子玩的
地方，
是大人
可以享受的
壯闊的
樂園。
那就是我
唯一的，
也是最大的
夢想。
可是，
在這之前，
您從未
提過
此事啊。
以前
說不出口
啊!!
協助我
吧!!
ガタ
（喀答）

我想留下自己曾存活在世的證據!!
（嘩嘩）
（嘩嘩）
不說到這種地步，無法動搖這男人的心。
我想留下自己曾存活在世的證據。

ヨーロッパの庭
東南ア
嘰嘰……
(噹— 噹—)
ボ
(噹—)
ボーン
(噹—)
ボ

ボ〜ン
（噹一）
别看我。
千代子……
千代子啊，睡吧！
别等我。

就算我碰妳，妳也別醒來。

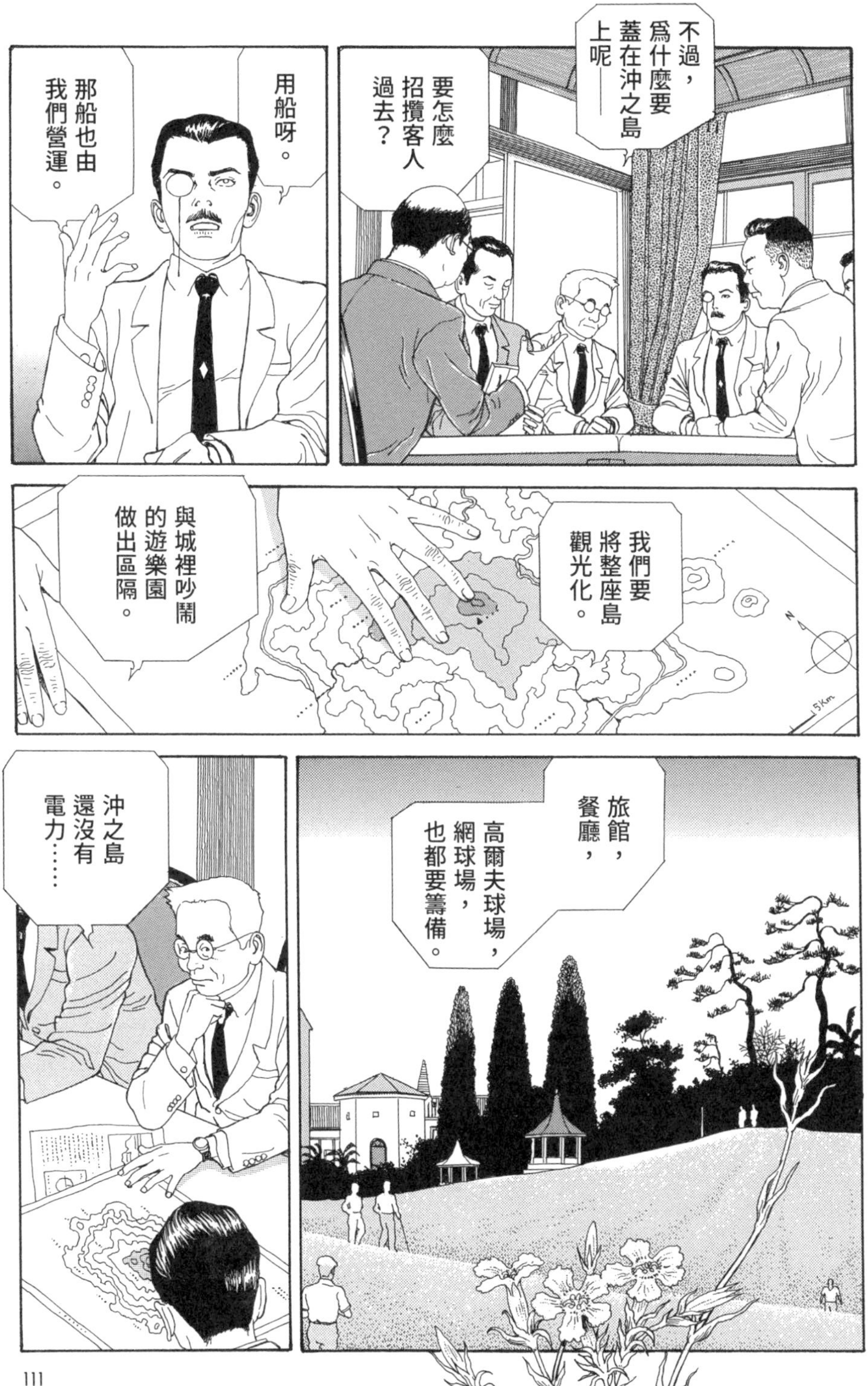

不過，爲什麼要蓋在沖之島上呢——
要怎麼招攬客人過去？
用船呀。
那船也由我們營運。
我們要將整座島觀光化。
與城裡吵鬧的遊樂園做出區隔。
旅館，餐廳，
高爾夫球場，網球場，也都要籌備。
沖之島還沒有電力……

施工就行了。
預算會高漲，這我已經有覺悟了。
接下來就是消費與娛樂的時代了。
你們不覺得嗎？
………
KOMODA
KOMODA
等著看我把不景氣甩開吧！
（磅）
好啦！
動手囉!!

沖之島上，
還有幾戶漁夫人家呀。
給他們新的房子。
讓他們搬走。
把這文件送到石橋工務店去。
這一帶有沒有雕刻家啊？
我想發案給他們。
是，我立刻安排。
我要去沖之島場勘，
幫我準備一下。

路上小心。
……
ドドドド
（嗡嗡嗡嗡）

這個被世人
遺忘的離島，
將會搖身一變，
成為樂園！

這事業
將會帶給
許多組織和
個人工作機會，
當地也會
活絡起來吧。
ゴトン
ゴトン
（空隆 空隆）
ドッ
ドッ
ドッ
（嗡嗡嗡）

ドッ（隆）

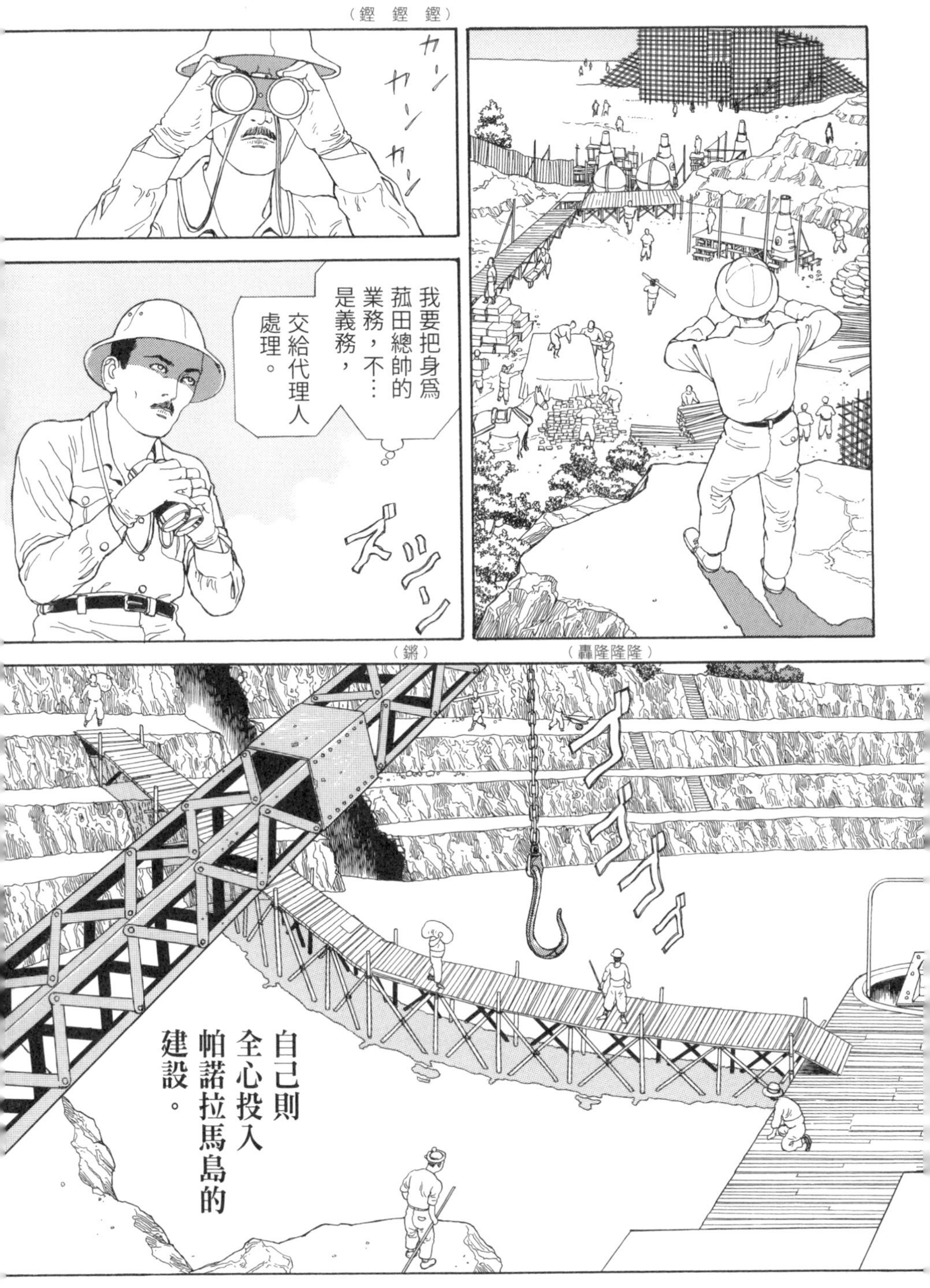

カン カン カン
（鏗 鏗 鏗）
我要把身爲菰田總帥的業務，不…是義務，交給代理人處理。
ズシーン
（鏘）
ゴゴゴゴ
（轟隆隆隆）
自己則全心投入帕諾拉馬島的建設。

光是基礎工程就要半年？
或者更久，畢竟——
我們從來不曾，
建造過所謂的「水中迴廊」。
（咕嚕）

ドスドスドス
（咚嘶　咚嘶）
ガタ
（喀答）
會長!!
果然來了啊。
那工程是怎麼一回事!?
什麼遊樂園？你瘋了不成？
完全沒知會我們就——
有必要知會你嗎？
你說什麼!?

我可是要負責扛著一座大工廠啊！
如果菰田破產，連我們都會——
喂！你會不會說得太過火了。
破產!?
什麼遊樂園，一定行不通的啊！
不，我很能體會你的憂慮。
我來想想辦法吧。
哎呀？
夫人，您要去哪？

把磚塊工廠轉讓給那個男人好嗎？
咦!?
把磚塊工廠從菰田家切割出去。
如何？
切割出去……
關東大地震暴露出磚塊的弱點了。
接下來將是水泥的時代。
今後，磚塊工廠有可能成爲菰田家的負擔。
趁現在切割開來還比較……
……
確實呢。

（咚沙）
（咚沙）
（咚）
（咚沙　咚沙）
（鏗鏗鏗　咚咚）
增加人伕!!
（嘰嗡　嘰嗡）
（鏗鏗鏗）
女人、老人也都可以找來！

菰田先生，那次過後徹底變了個人呢……
聽說呀，他最近，
也完全不碰圍棋和高爾夫球了。
他真的打算蓋遊樂園嗎？
咦？
我不覺得這像遊樂園。
我還搞不太清楚
不過這應該是別種設施。

千代子呢？
已經休息了。
……
夫人似乎身體不太舒服。
……

寶物藏而不用嗎……
（叩隆）
ゴト
米羅，還有夏卡爾，
黑田清輝嗎？
這種畫到底好在哪啊？
源三郎的嗜好就如此嗎？
全拿去變賣吧。

把這倉庫
裡的東西
賣光的話，
付完木工、
人伕的
薪水，
也還有剩
吧？
千代子……
難道她
……!?
看穿我的
眞面目了!?

第五章

ドンドンドン
（咚咚咚咚）
ドン
（咚）
ドン
ドン
（咚咚）
哈哈哈哈
哈哈哈哈

哇！
（咚）

ドン
ドン
ドン
ドン
ドン
ドン
（咚咚咚咚咚咚咚咚）
パチパチパチ
（啪啪啪啪）
ドン
ドン
ドン
ドン
ドン
哇啊啊啊啊
（咚咚咚咚咚）
パチパチ
パチパチ
（啪啪啪啪）

募集團員嗎？
樂園的居民……
什麼啊？
募集樂園的居民!!
對容貌有自信者
能歌善舞者
雜技師
不問年齡、性別、學歷、國籍
高薪優待!!
負責人
菰田源三郎

免錢的酒，喝啊喝啊。
紀州第一的大老爺，
找來我們這種貨色的藝人，
盛宴款待！
要我們，
在沖之島的遊樂園演出呀。
Why?

雖然吃了各種苦頭——
不過工程很順利。
地方也活絡起來了。
老實說，一開始我覺得這計畫很莽撞。
不過——
原本預定建的⋯
高爾夫球場，不見蹤影啊。
高爾夫⋯⋯

才不要什麼高爾夫球場呢！
高爾夫球根本就——
呵呵……
我醉了呢……
（咚沙　咚沙）
ドス
ドス
唔。
您要去哪？
有何貴幹？
你不知情啦!!
找我有事嗎？

大爺!!
您還真是慷慨呢！
聽說你把磚塊工廠轉讓給那傢伙了是吧？
然後呢——
我什麼都沒有嗎!?
蠢貨!!
事到如今還在鬼扯什麼!!
怎麼啦怎麼啦？
你們這群覬覦菰田利權的，
狐狸和狸貓！

我大可當場跟你斷絕關係喔。
當然了，我什麼都不會給你。
像過去那樣待在菰田麾下，才是對你好的做法。
也給這男人酒喝，
沒招待你太失禮了。
請進。
嘖，要我跟一票藝人混在一起嗎？
那傢伙是狸貓的話，我是什麼？
鬣狗吧。

親愛的……
親愛的，
大家都回去了。
你會感冒的喔。

千代子！我要向妳展露我的一切。

就算妳知道了我的真面目，
也已經無法停止那項大事業了。

ドドドドッ
（隆隆）
啊啊啊啊啊
哇啊
（啪嘰啪嘰）
中斷作業！
中斷作業！
バキバキ
ゴオォ
（轟——）

ヒュウゥ
（咻──）

風琴……
千代子嗎？

大爺！
聽說沖之島上的建築物有部分倒塌。
這樣啊……
ザァ
（沙——）
千代子終於看出我的真面目了。

啦啦啦……
紫花地丁
綻放時
啦啦啦啦

八江小姐!!
那圍裙是怎麼一回事？
菰田家可不是珈琲店啊!!
立刻去換掉！
沒關係，就穿著吧。
對不起……
妳會游泳嗎？
咦？

我家是捕魚的，
所以我很會游泳。
這樣啊，
那我有工作想拜託妳做。
工作？
千代子一直保持沉默。
那樣反而令我發毛。
火の用心

似乎進行得很順利呢。
樹和花有沒有確實扎根呢？
是！
植樹非常順利。
我們也從菲律賓、爪哇帶回了奇花異草。

夫人剪了頭髮，
看起來變年輕了，像個小妞似的。
大概是想吸引大爺注意吧。
大爺徹底變了個人。

千代子！
立刻更衣。
我們去沖之島吧。
沖之島！
（嘟——）

(喀答)
ガタン
(喀答喀答)
ガタン
ガタン
(噠噠噠噠)
ダダダダダ

ザアア
（沙——）

歡迎光臨！

我們都在等候兩位光臨。
ザァア
(沙——)

（轟——）

跟我來。
沒什麼好怕的。
ゴォォ
（轟──）
（轟…）
ゴォォ…

啊。
（嘰）
ギィ
來，看看這場面吧！
（喀鏘）
ガチン
（亮）

第六章

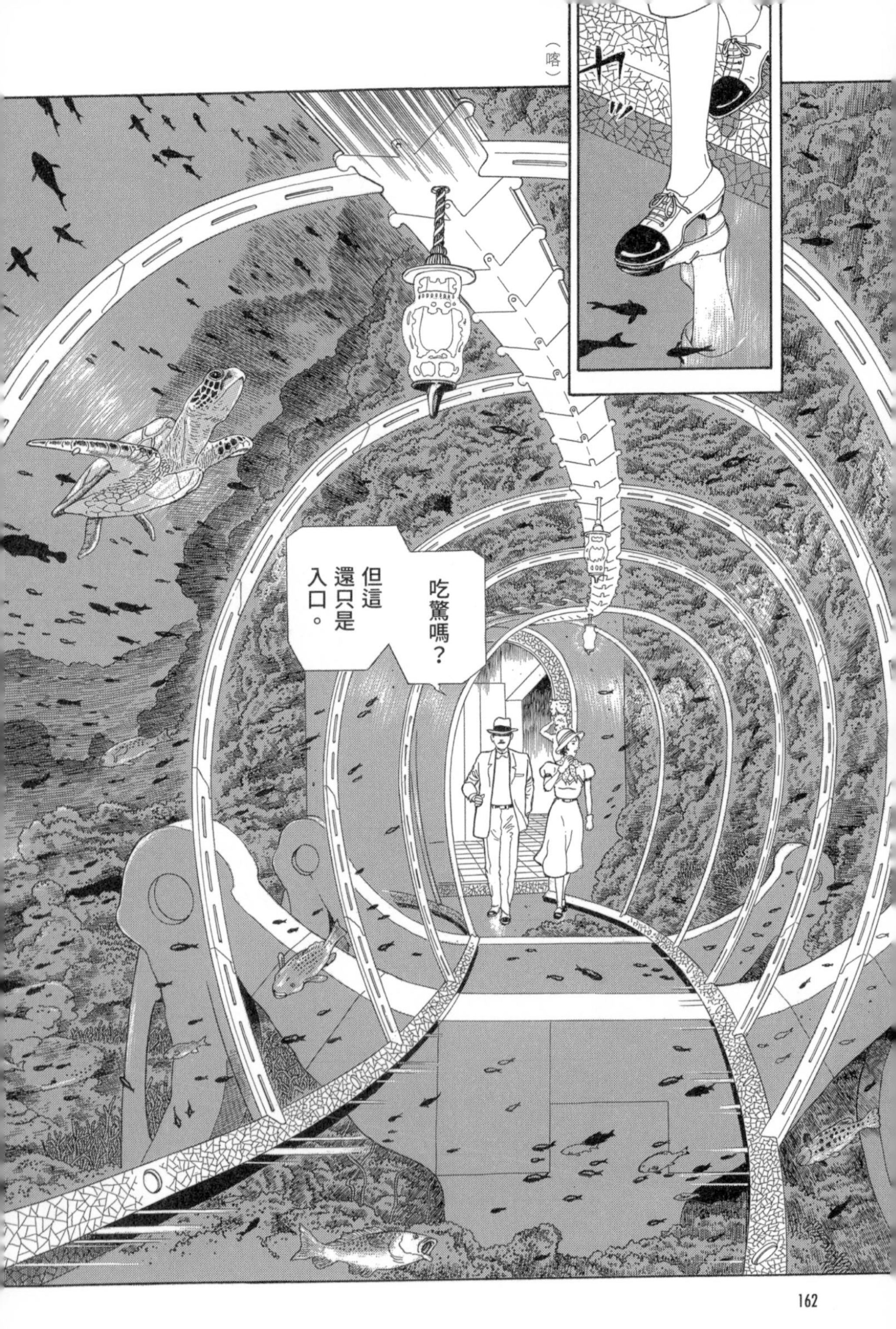
（喀）
吃驚嗎？
但這還只是入口。

好……

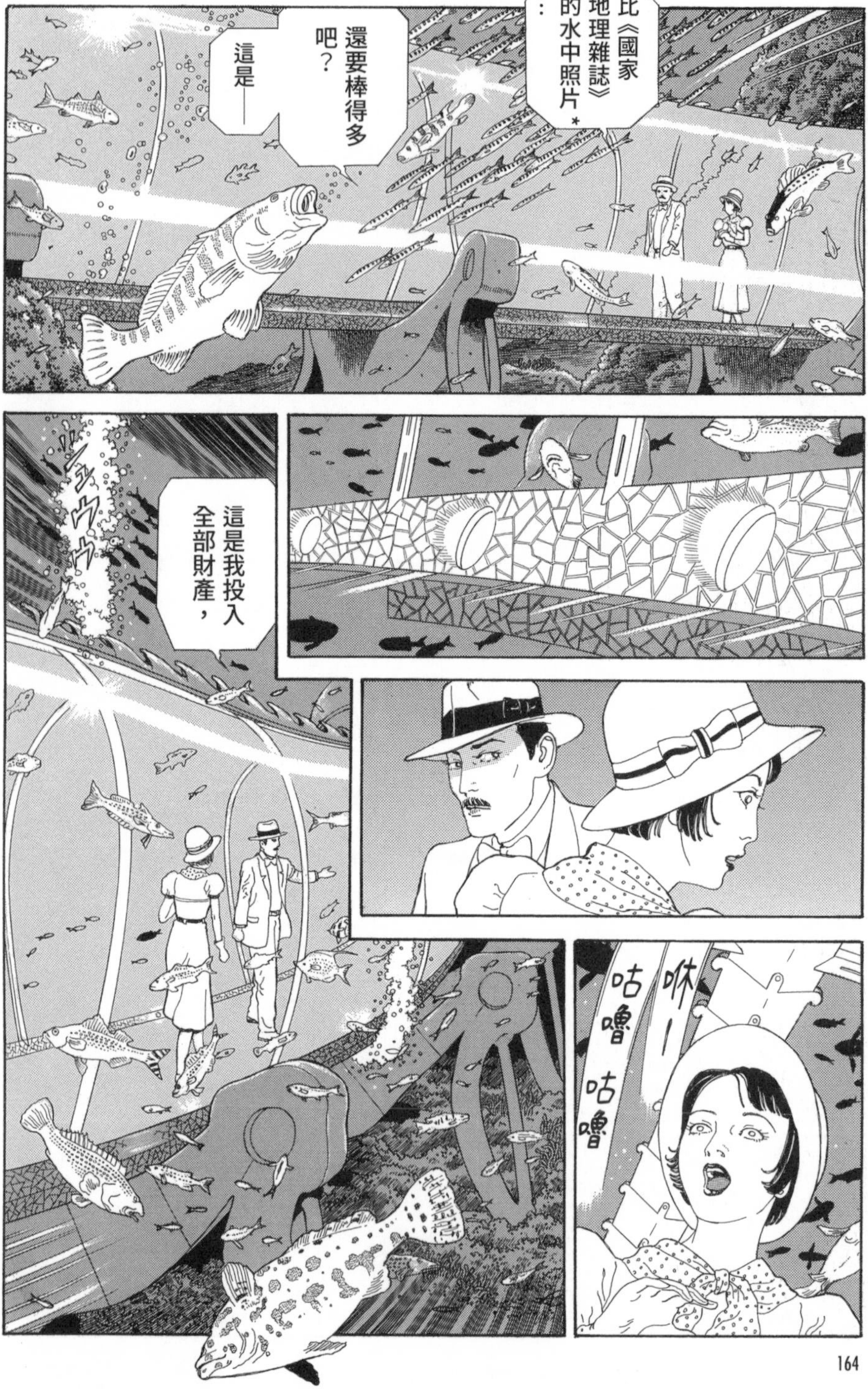
比《國家地理雜誌》的水中照片*……
還要棒得多吧？
這是——
這是我投入全部財產，
（咻——）
咻—
咕嚕咕嚕

※一九二七年，美國的《國家地理雜誌》成功拍出世界上第一張水中照片。

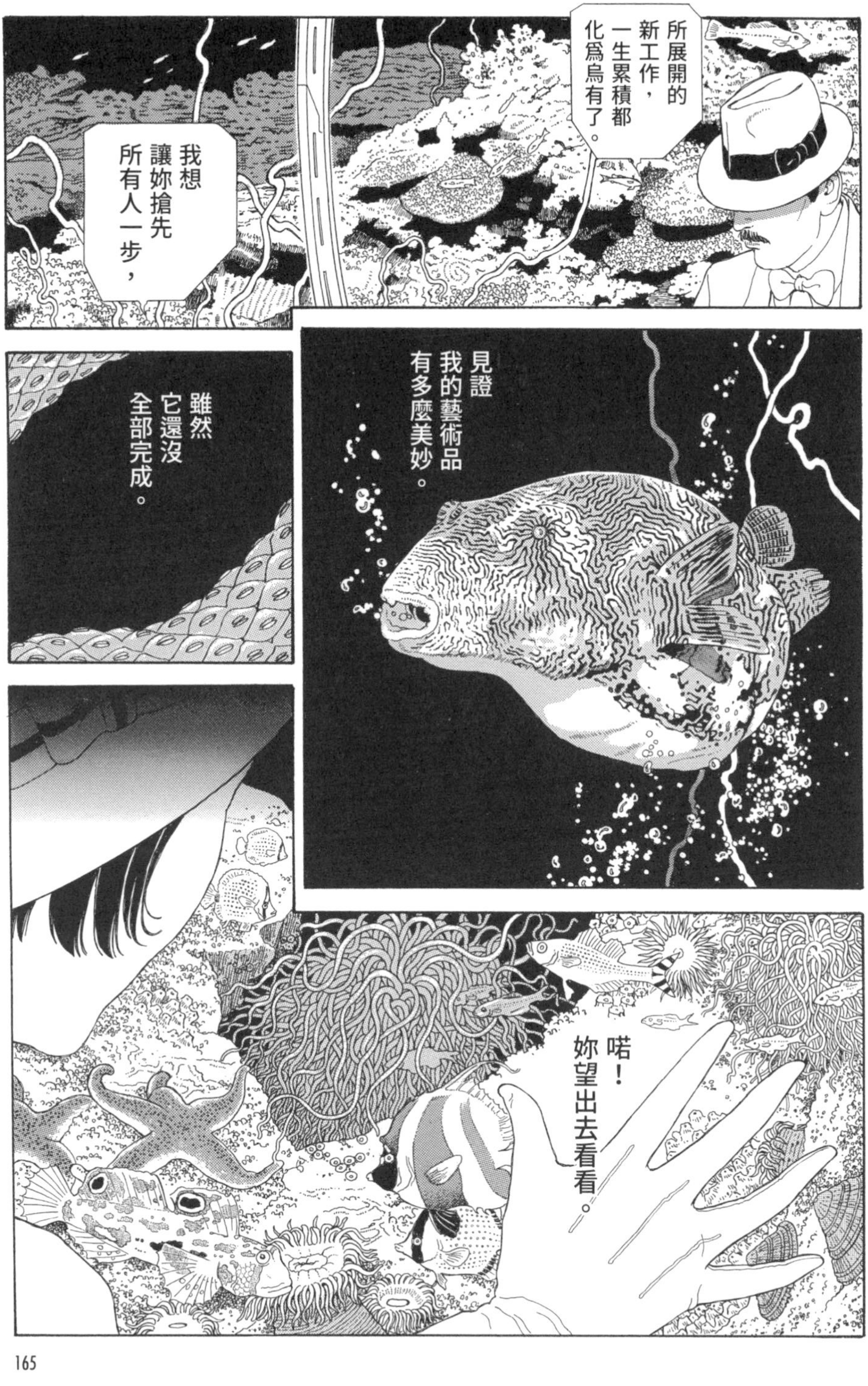
所展開的新工作，一生累積都化爲烏有了。
我想讓妳搶先所有人一步，
見證我的藝術品有多麼美妙。
雖然它還沒全部完成。
喏！妳望出去看看。

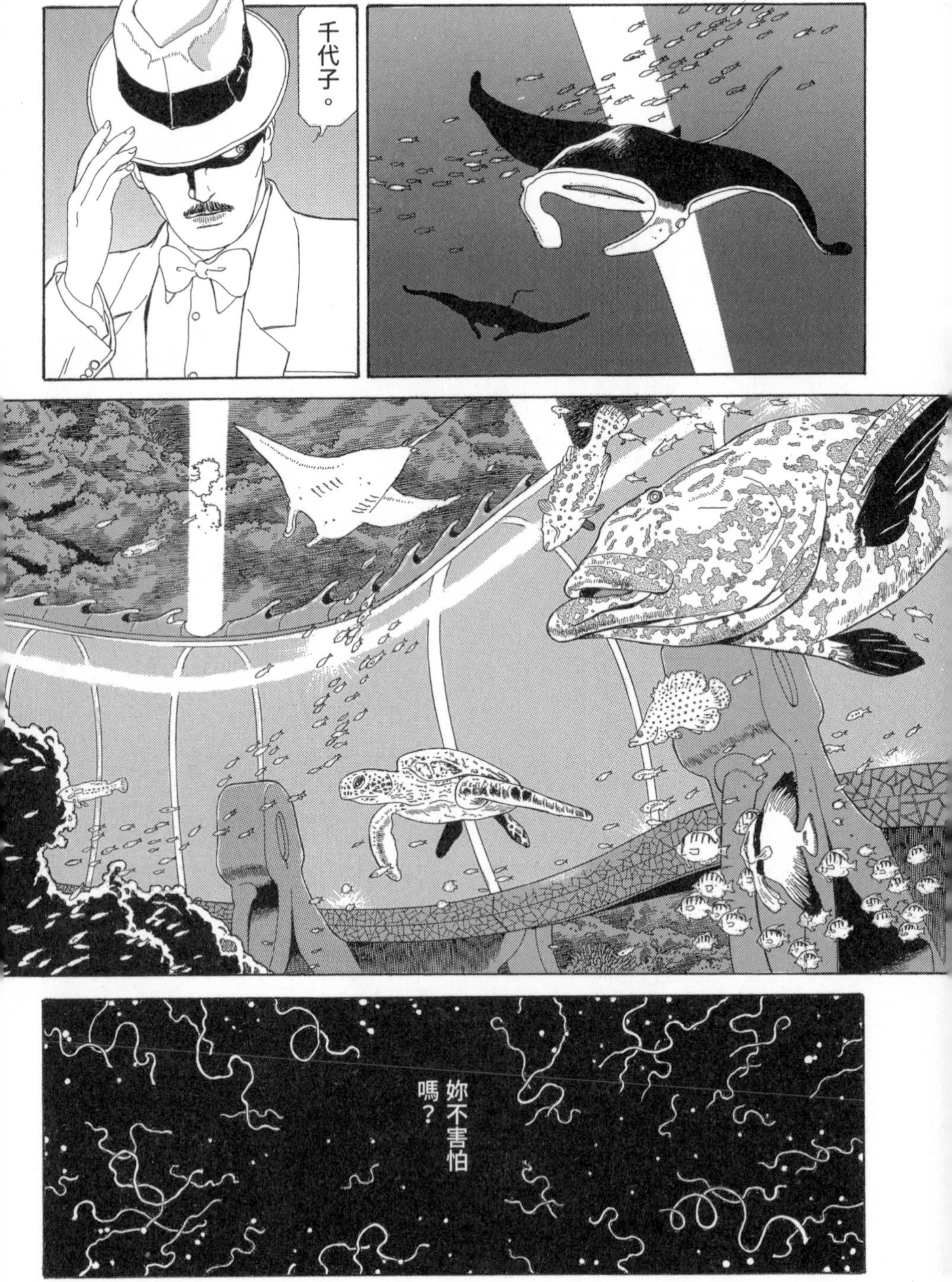
千代子。
妳不害怕嗎？

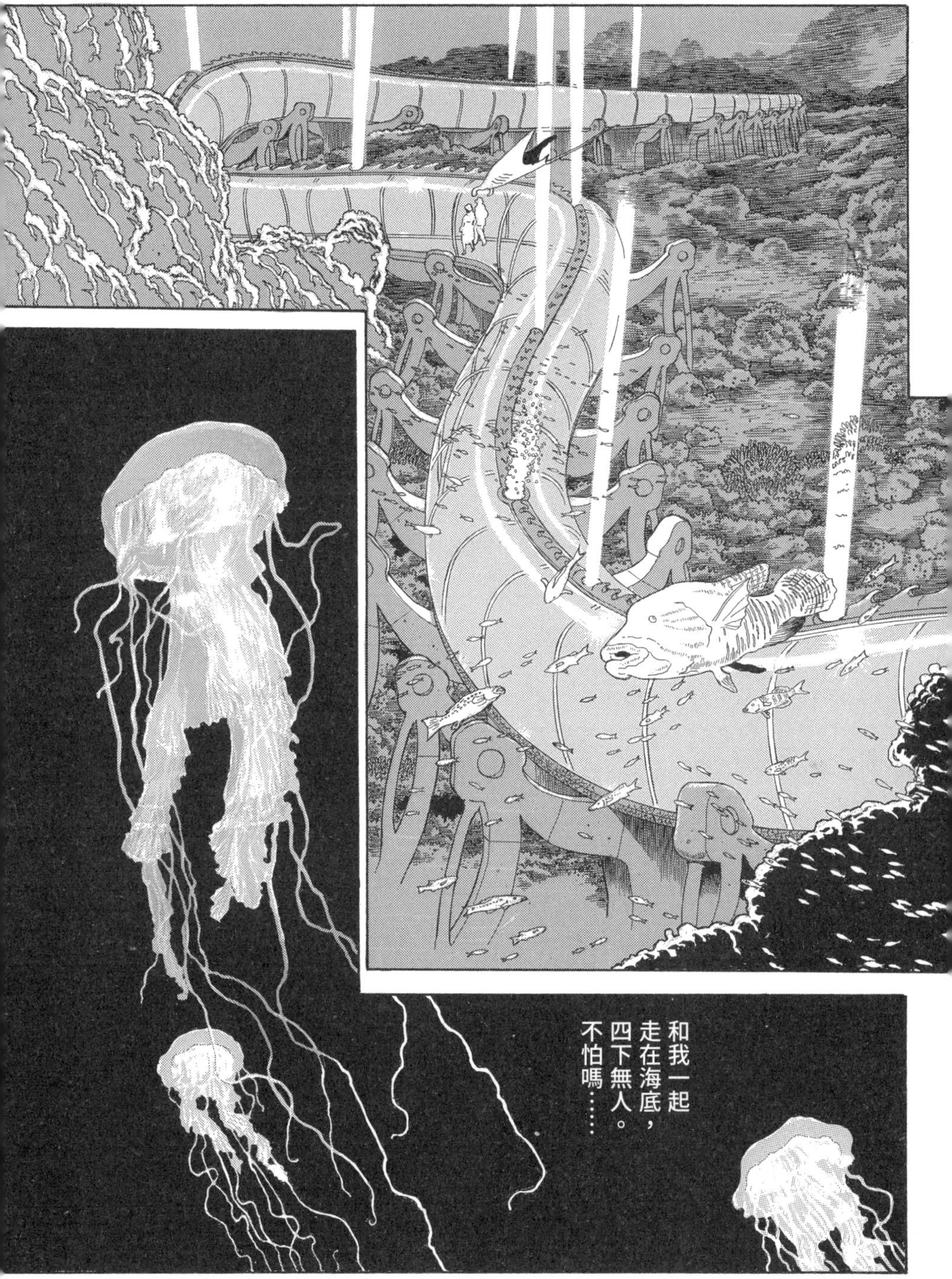
和我一起
走在海底，
四下無人。
不怕嗎……

害怕……？
呀啊啊啊
哈哈哈哈哈哈

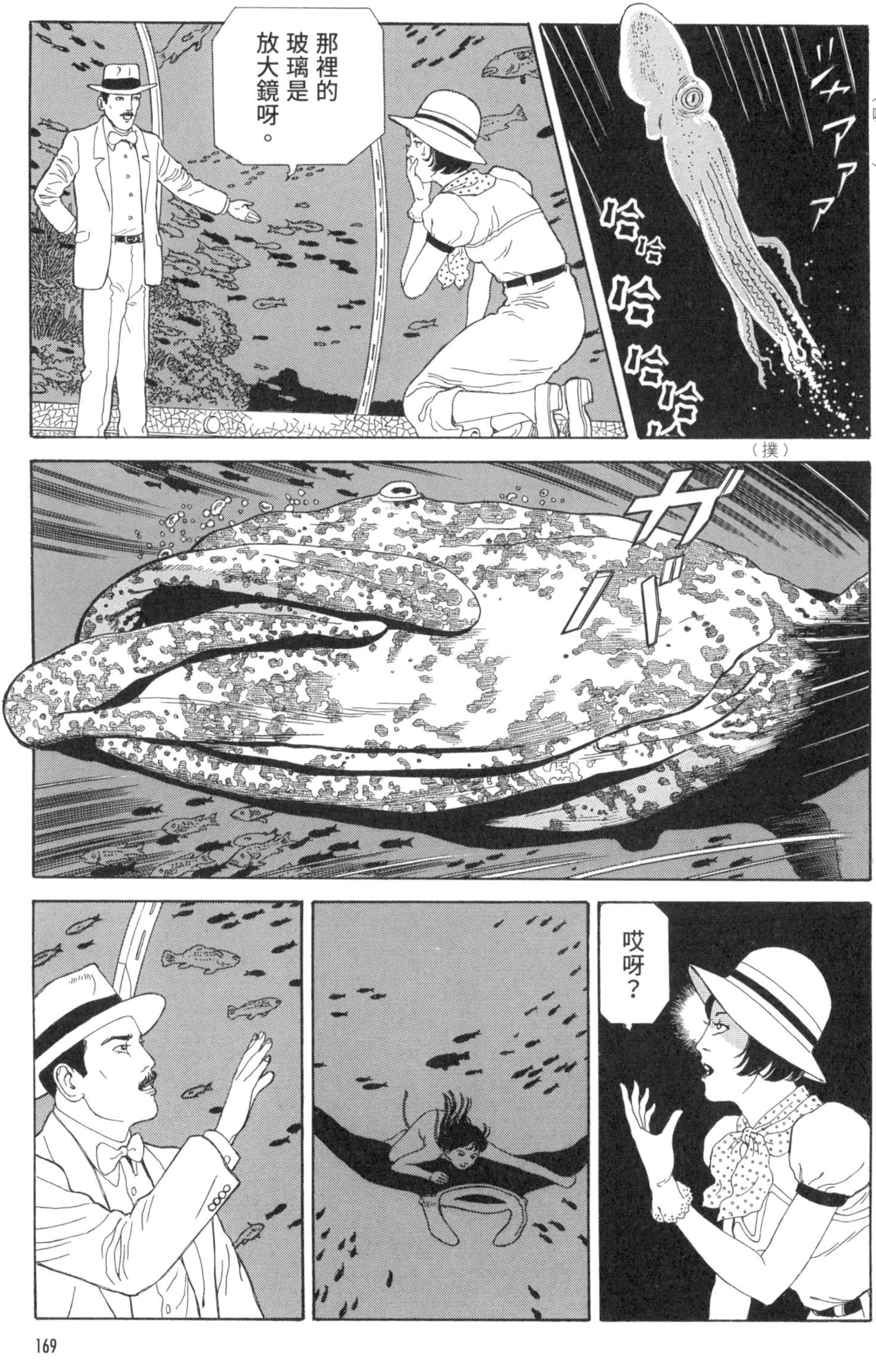

ツァアアア
（唰——）
哈哈哈哈哈
那裡的玻璃是放大鏡呀。
ガバ
（撲）
哎呀？

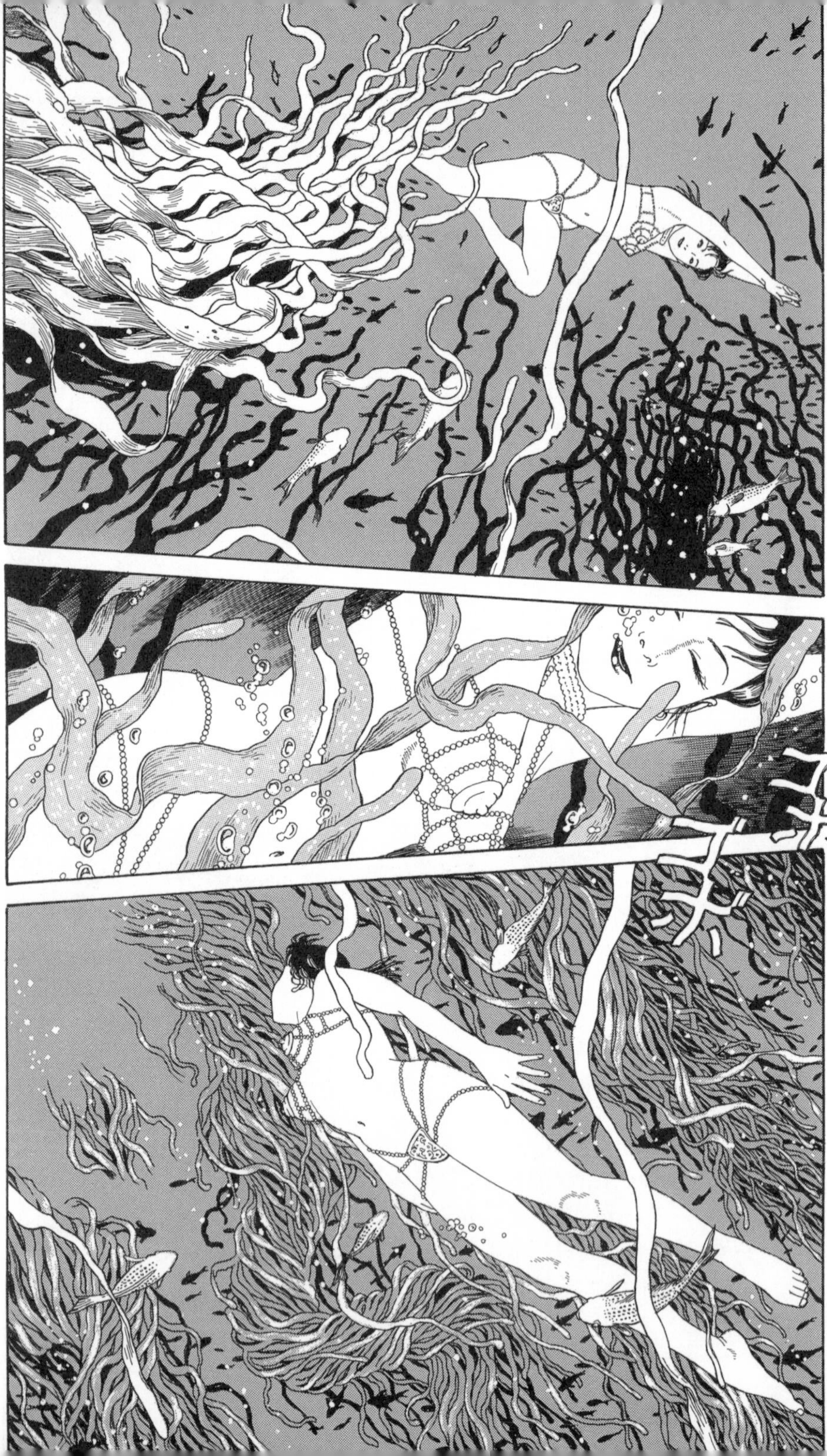
ゴボ
ゴボ
(咕嚕咕嚕)

喔…？

那個是？
難道說……
妳發現了嗎？
是女傭八江啊。
……

那就是她的新工作嗎？
（窣）
啊！
（咕嚕咕嚕）
是因爲玻璃才扭曲的吧。

千代子……
妳果然很害怕呢。
妳在發抖……
ゴボゴボ
（咕嚕咕嚕）

（咕嚕咕嚕）
……
今天到此爲止吧。
才蓋了一半喔。
還要半年左右才會完成。
接下來是這裡。
（咻——）

（咻——）
那裡會滑，小心點。
咿！
滴
……
（咻——）

（轟——）
ゴォォォォ

來接我們的人到了。
來，請快上來吧。
夫人也快點！
（隆隆隆隆）

ドドドド
(隆隆隆隆)
ドドドド
(隆隆隆隆)

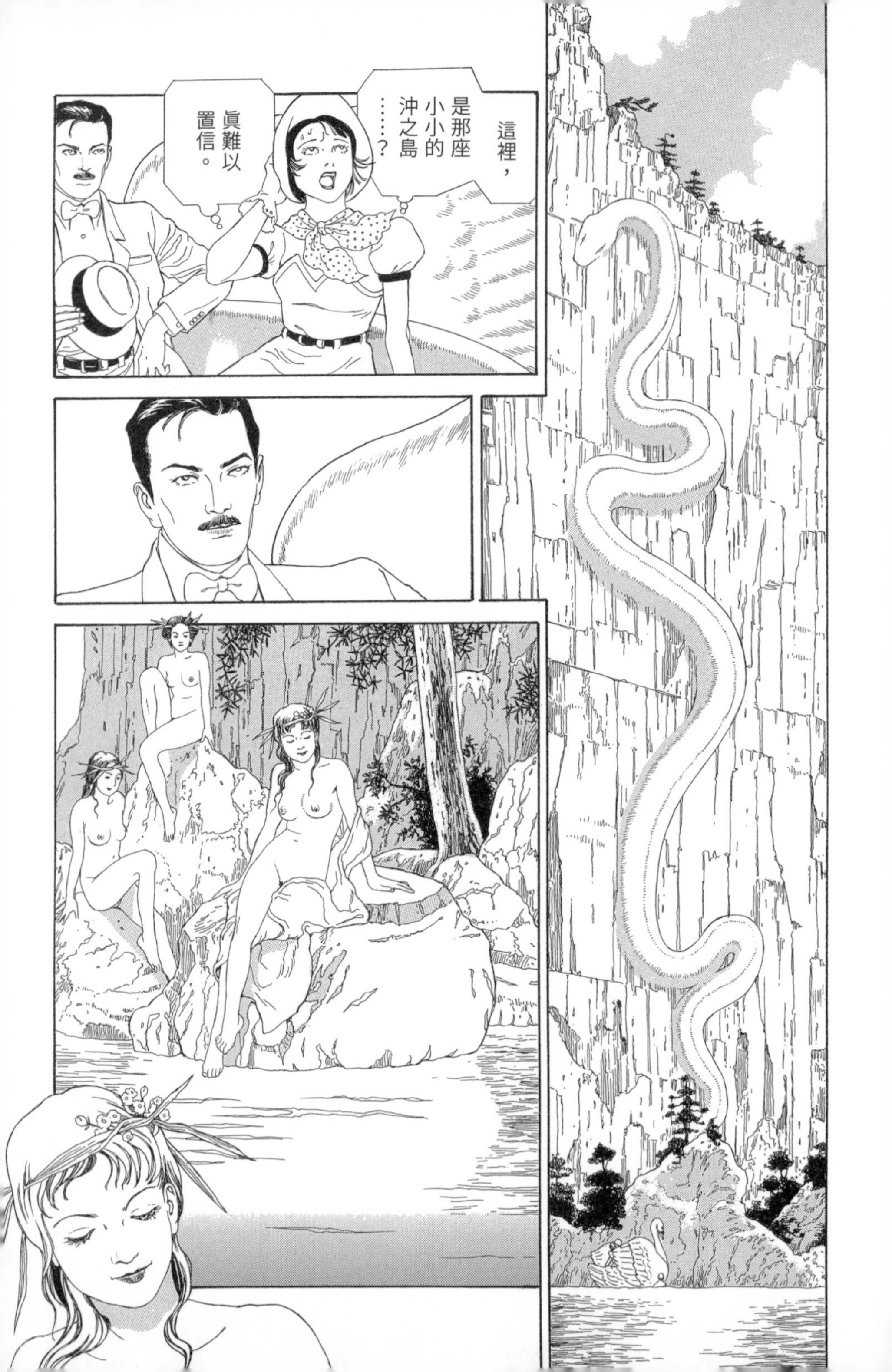
這裡，
是那座
小小的
沖之島
……？
眞難以
置信。

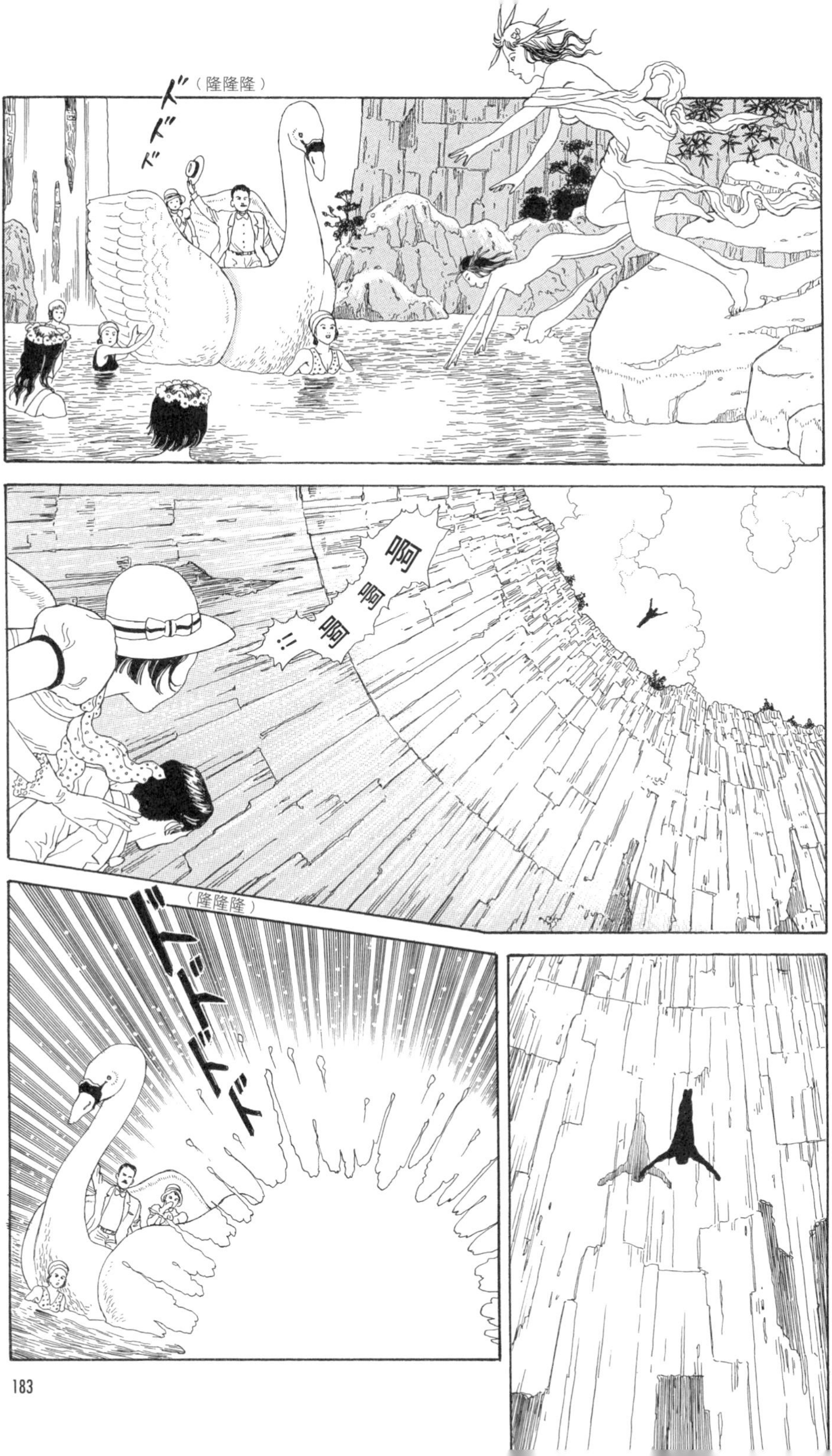
ドドド
（隆隆隆）
啊啊啊!!
ドドドドド
（隆隆隆）

哎！
有花漂過來了呢。

夫人，接下來請往這裡走。
千代子。
妳看看那個！

那是「亞平寧的巨人」的仿作，本尊在佛羅倫斯的德米多夫莊園的庭院內。

（嘩啦）

ドドドドド
（嘩啦啦）
是龍!!

ドドドドド
（嘩啦啦啦）
眞難想像，
這裡在不久前只是個貧窮的漁夫之島——

來，在這下船吧！
哇!?

好啦！走吧。
我……我爬不了這麼多樓梯。
小心點！
什麼啊，這沒什麼大不了的。
喔？
（咻——）

樓梯的寬度一點一點…
變窄了。
看吧，已經到頂端了。
眞不可思議呀…
看起來明明有幾百階。
累了嗎？
（咻——）

ザ
（沙）
接下來是這邊。

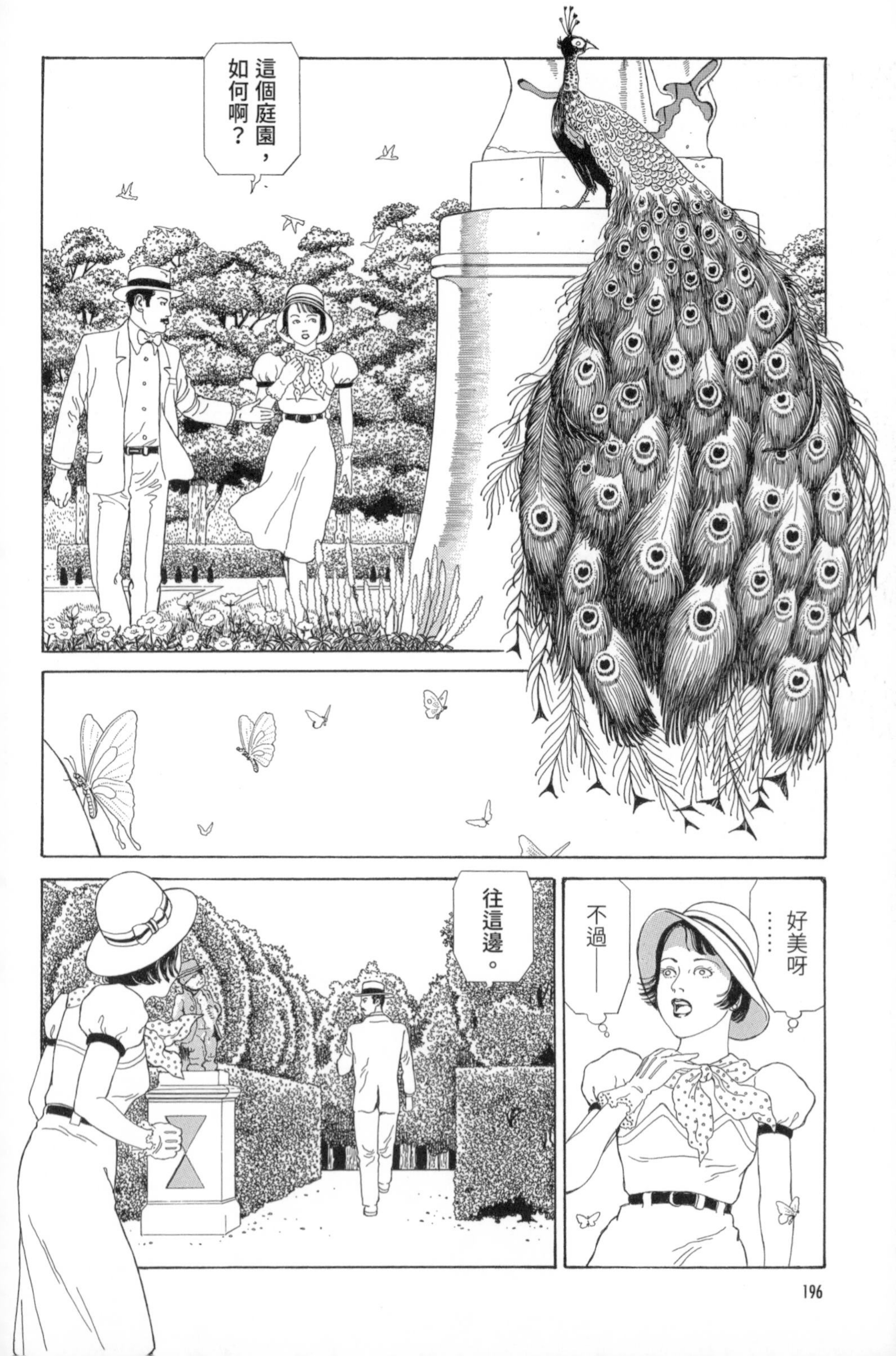
這個庭園，如何啊？
好美呀……
不過——
往這邊。

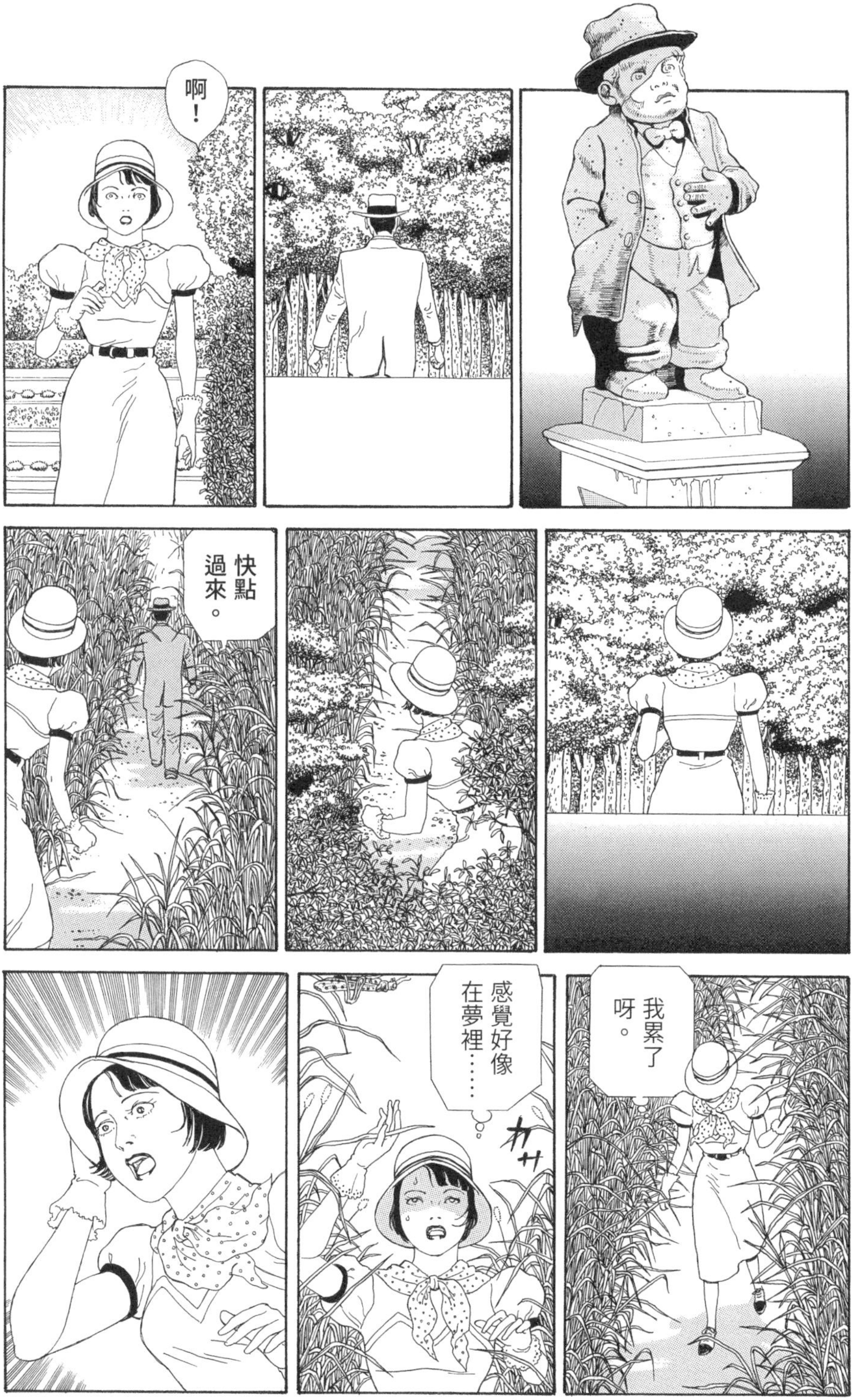
啊！
快點過來。
我累了呀。
感覺好像在夢裡……
カサ
（喀沙）

剛才的庭園呢!?
跑去哪了？
PANORAMA
マラノパ
爭戰清日
PANORAMA
マラノパ
千代子，妳知道什麼是帕諾拉馬嗎？

這個島的旅人，
會踏入一個又一個世界。
日清戦争
日清戦争
PANORAMA
パノラマ
那是我還小的時候流行的一種奇物展。

客人首先
得要通過
全黑的
狹長通道。
走出通道後，
視野開展，
一個世界
就擺在大家眼前。
那是偏離我們日常的
另一個世界，
不斷綿延到
舉目所及的
遠方。
多麼驚人的
欺瞞之術！

第七章

在帕諾拉馬館外，確實是我們平日見慣的城鎮。
然而，帕諾拉馬館內，滿洲的平原卻延伸到了遠方的地平線。

其手法如下：

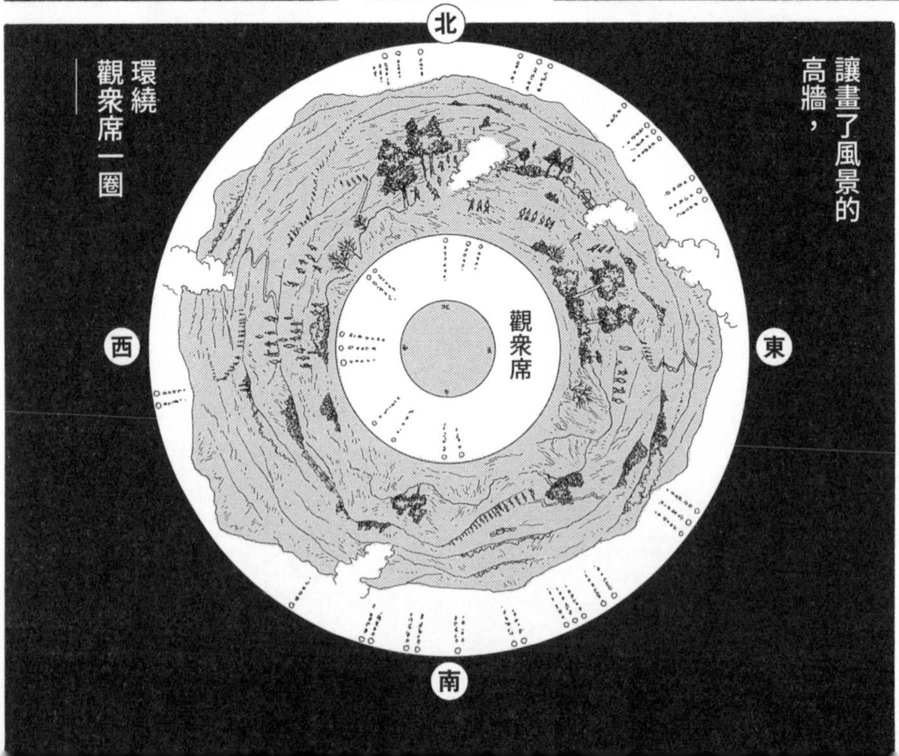
讓畫了風景的高牆，
環繞觀眾席一圈
北
東
西
南
觀眾席

在近處擺放人偶，以眞正的土或樹木做裝飾，提昇臨場感，
靠屋簷・遮藏天花板。
就這樣，在小小的建築物內，
創造出廣袤的另一個世界。
妳看著這片廣大的草原，
有沒有什麼奇怪的感覺？
……
在小小的沖之島上，
不可能有好幾片廣大至此的風景。

我在這座島上製作出好幾個帕諾拉馬。
靠的不是畫在牆上的畫。

而是利用扭曲自然的丘陵曲線，小心翼翼加以安排，
再加上草木岩石的配置，巧妙地伸縮自然的距離。

伸縮自然的距離!?
以剛剛爬的那段樓梯來說吧，由下往上看，彷彿延伸至天空，
但實際上只有一百多階。
那、那麼，
這片平原其實也沒有那麼寬廣嗎？
是啊。
四周以觀者注意不到的角度傾斜高起，
擋住另一頭的事物。

原本的順序是要繞島嶼一圈再進入中心，
不過妳累了吧？
從這裡進入中心的花園吧。
啊……
又要穿過草叢隧道。
カサカサ
（喀沙喀沙）

（嘩啦）

眞特別的整形樹木*呢。
這種東西多的是啊。
※將植物修剪成動物等造型的裝飾園藝。
……

簡直像有生命……
這些雕刻好怪呀。
怪？
哈哈哈哈哈

這是什麼地方的入口啊？
那是廁所。

（轟轟）

（轟隆——）
ゴゴーン
シュウ
シュウ
（咻咻）
那是什麼聲音？
那是機械國的聲音呀。

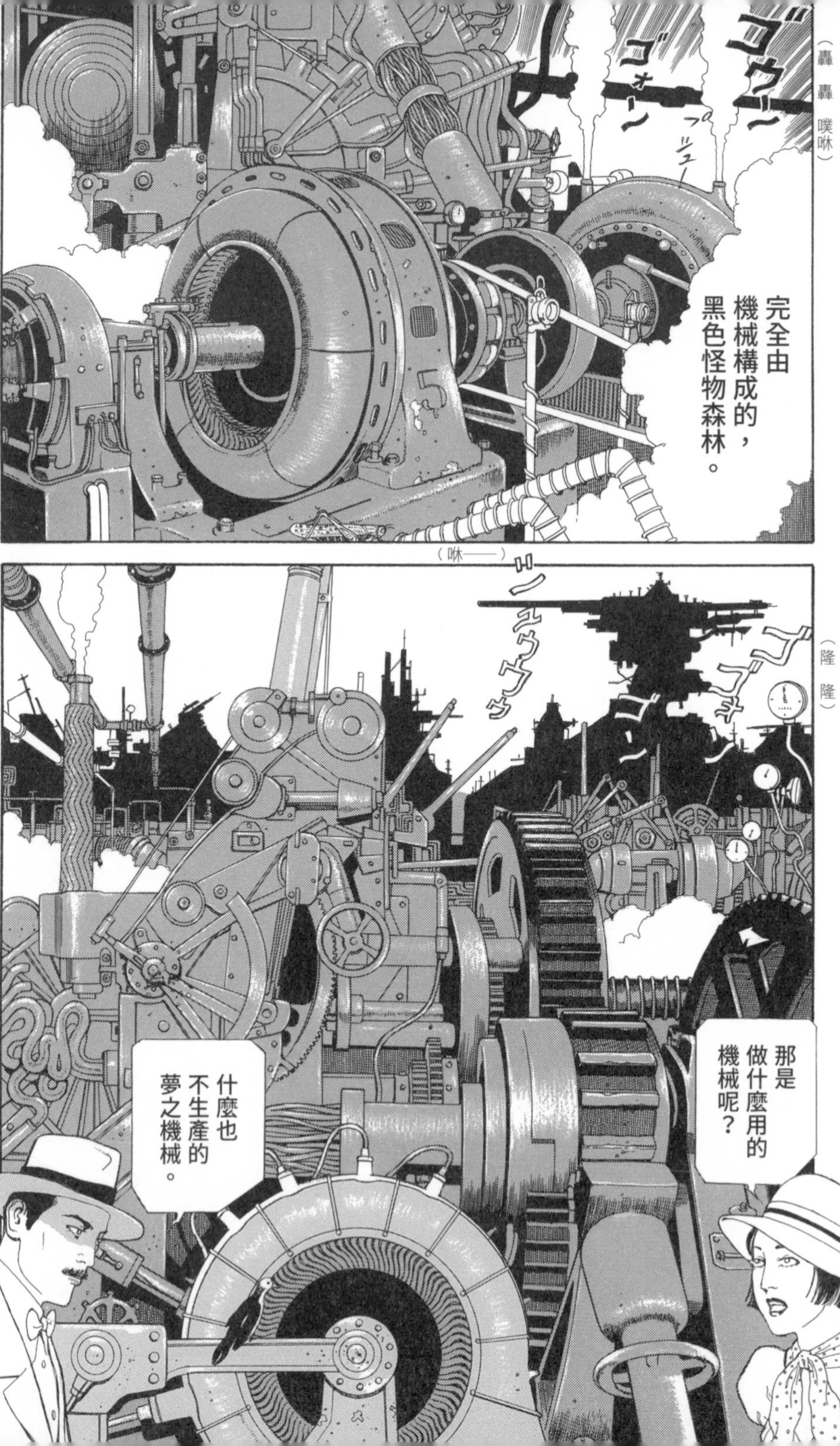
（轟轟噗咻）
完全由機械構成的，黑色怪物森林。
（咻——）
（隆隆）
那是做什麼用的機械呢？
什麼也不生產的夢之機械。

不感興趣嗎？
ゴウンゴォ～ン
（轟 轟）
ゴウ～ン
（轟）
ザァァァ
（嘩——）

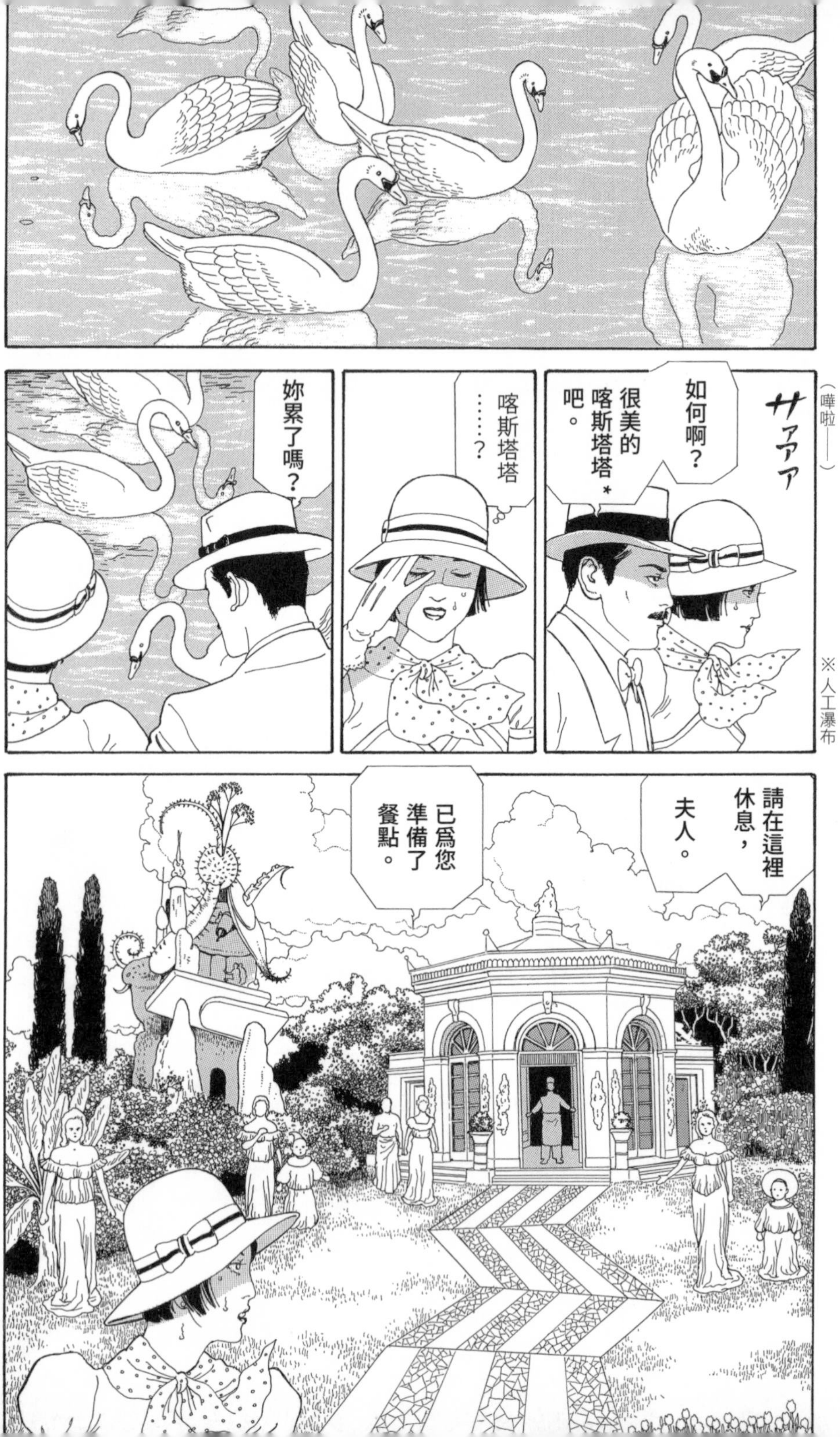

サァァァ
（嘩啦——）
如何啊？很美的喀斯塔塔*吧。
喀斯塔塔……？
妳累了嗎？
※人工瀑布
請在這裡休息，夫人。
已爲您準備了餐點。

（轟轟轟）
ゴォーン
ゴォーン
ゴウン
ゴボゴボ
（咕嚕咕嚕）
ゴボ
你……
是誰!?
（咚沙）
ドサ
千代子!!

ザザザザザ
（嘩啦——）

哈
哈哈
哈哈
請來這裡呀。
玩耍還能領薪水，
簡直像作夢。

源三郎大人眞是優秀的實業家呢。
不，是藝術家啊！
這地方實在太過美妙，讓夫人昏倒了呀。
昏倒！
源三郎大人呢？
和夫人在一起……

千代子……
妳眞的好美啊。
心懷恐懼的人不是妳，
是我才對。
千代子，受死吧！

受死吧！
（掐）
グッ
唔……！
（砰隆隆隆）

（砰　砰）　（砰）

（砰隆）
（啪啪啪）

千代子。
現在，我就有辦法將妳緊擁入懷了。

啊!?
流星?

不不不,
那是煙火。

喔？
螢火蟲……
千代子。
妳是世界上最美的屍體。

你不去看煙火嗎？
我愛麵包勝過煙花！

這是水煮全鯊。
嗝
要不要抽水菸呢？
拿燒酒來！

多吃一點，
快快長大喔。
咦？
啊啊。
一直維持相同姿勢好難受呀。
哎呀!!

啊，源三郎大人!!
歡迎來到帕諾拉馬島！

(砰)
ドド
(砰)
ド
喔喔!!
呼呼呼呼
啊啊啊
呼呼
呼呼呼呼呼呼
ドド
(砰砰)
ドド

（砰）
（砰隆）
啊啊啊啊啊啊
（砰）
啊啊啊……
那個源三郎是冒牌貨，
還是本尊……
根本不重要！
（砰）
這、這是天國！
喔呵呵呵呵呵

（砰）

（砰隆）

最終章

（嘩啦啦）
ドドド
（嘩啦啦啦）
ドドドドド
哎呀！天上有人在飛呢。

夫人呢？
千代子是帕諾拉馬國的女王。
她再也不會現身在人界了吧。
？
ドドドド
（嘩啦啦）

ヒュウウウゥ
啊啊啊啊啊……
バタバタ
（啪答啪答）
（咻——）
ドボーン
啊啊！
（轟隆）
啊哈哈哈哈!!
（噠噠噠噠）
ダダダダ
哈哈哈哈哈哈哈哈

（嘩啦啦啦）
真想讓那個「對未來感到隱隱不安」因而自殺的文士看看這光景。

プシュウウ
（噗咻——）
（噗咻——）
プシュウゥ
ボォォォォ
（嘟——）

（隆斯　隆斯　隆斯）
ボッズ
ボッズ
ボッズ
パオー
パオー
（叭嗚—　叭嗚—）
呵
呵
呵
呵
呵
呵
呵
呵
呵
啊哈
哈
哈
品
品品
品
品品
品

（咚　咚　咚隆）

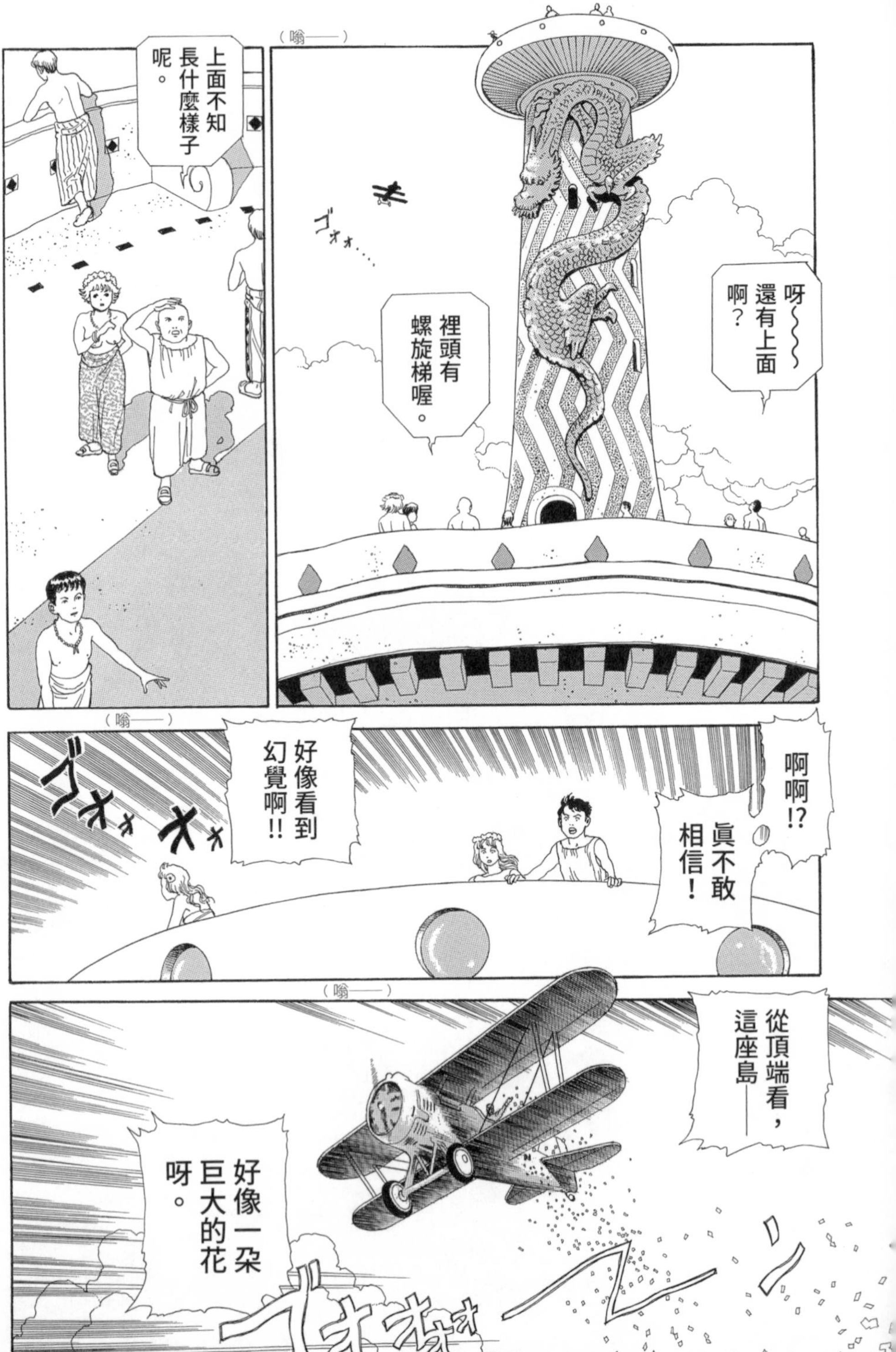
(嗡——)
呀~~~還有上面啊？
裡頭有螺旋梯喔。
ゴォォ....
上面不知長什麼樣子呢。
(嗡——)
啊啊!?眞不敢相信！
好像看到幻覺啊!!
ゴォォォォ
(嗡——)
從頂端看，這座島——
好像一朵巨大的花呀。
ゴオオォォォン

啊
啊
啊
啊
啊
ドドーン
ドドーン
（咚咚　咚咚）
她說島看起來像花!?
浮在海上的巨大花朵!?

你說整座島，
像是漂在海上的巨大花朵……!?
不會吧。

（咚）
ドーン
（咚）
ドーン
莎樂美！
ドン
ドン
ドーン
（咚）
（咚）

ドド
(咚咚咚)
ドドド
(咚)
ドド
(咚 咚)
ドド

啊
哈哈
哈哈哈
哈哈哈哈
哈哈哈
哈哈哈
哈哈
哈哈哈
哈哈
哈哈

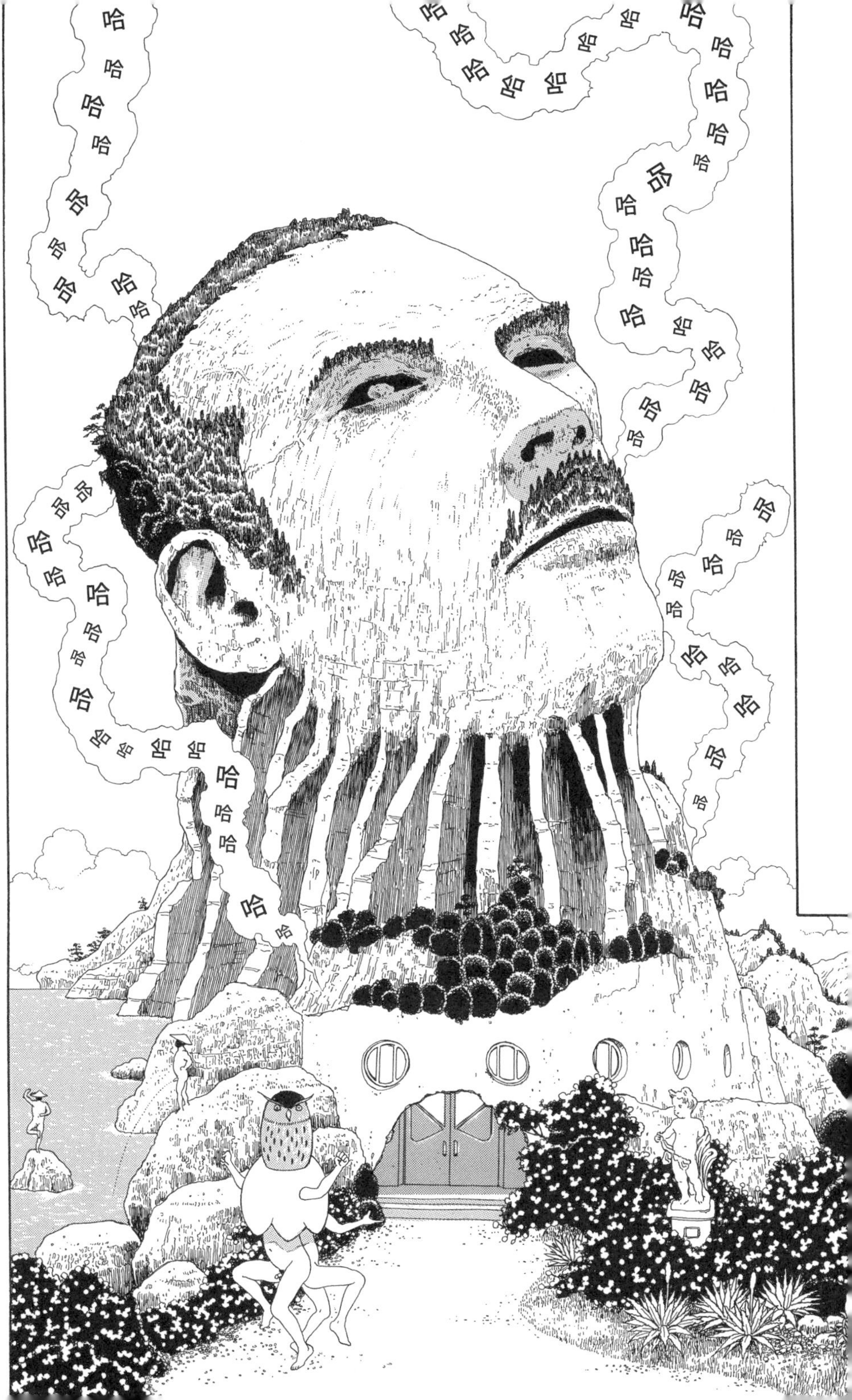
哈哈哈哈哈哈哈哈哈
哈哈哈哈哈哈哈哈哈哈哈哈哈哈哈哈哈哈哈哈哈哈
哈哈哈哈哈哈哈哈哈哈哈哈哈哈哈哈哈哈
哈哈哈哈哈哈哈哈哈哈

（嘩啦）
（嘩啦　嘩啦）
哎呀！
我還在想這是什麼呢，
原來是淋浴間呀。
我原本還想──
招聘達基列夫的俄羅斯芭蕾舞團＊過來，
讓尼金斯基跳舞呢，
你喜歡金絲？

※ 謝爾蓋・達基列夫（Sergei Diaghilev，1872-1929）1902 年於巴黎創立俄羅斯芭蕾舞團。瓦斯拉夫・尼金斯基（Vaslav Nijinsky，1890-1950）為其中的主要舞者。尼金斯基在 1916 年左右精神狀況出了問題，不過他的跳躍已進入神的領域。

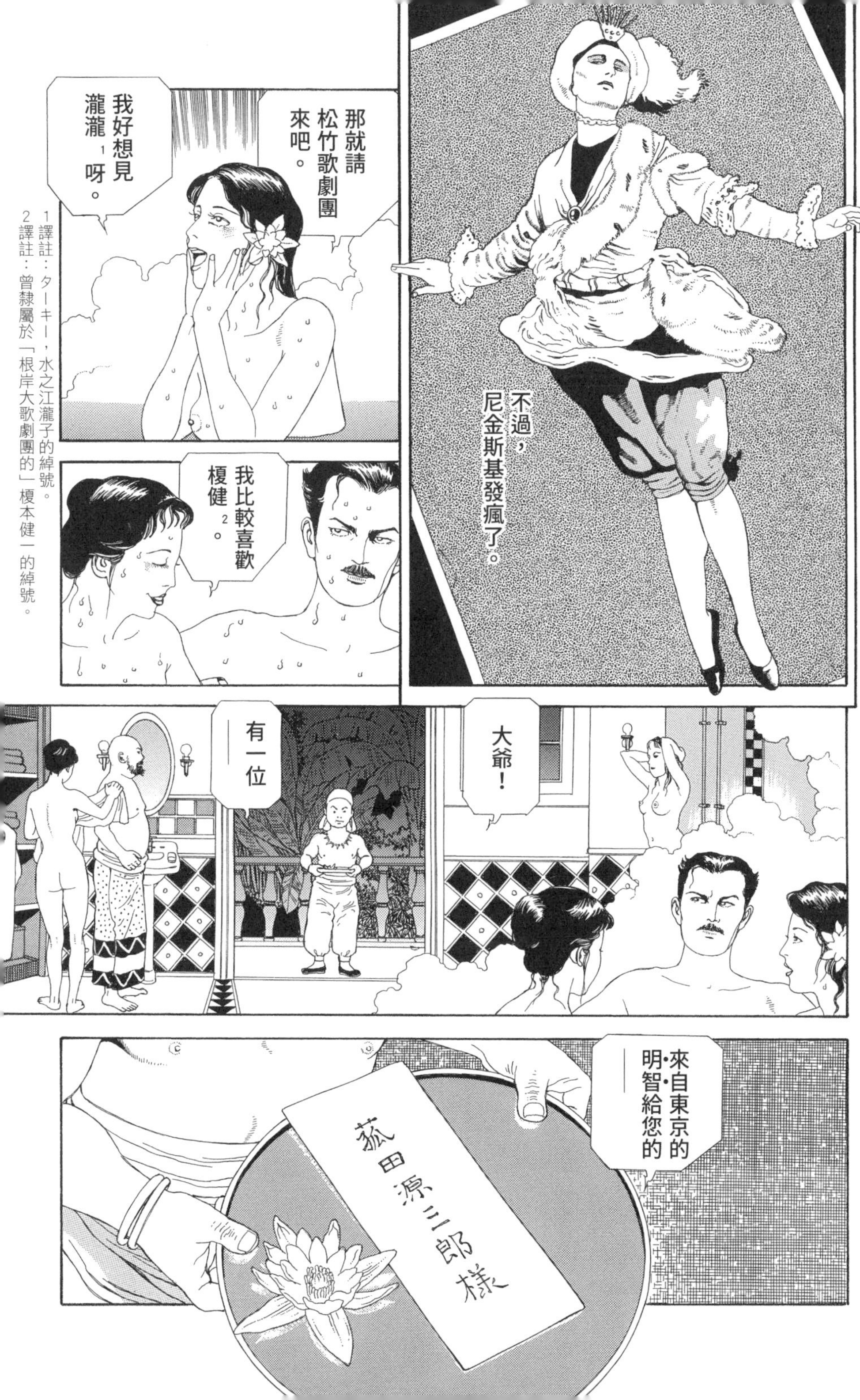
不過，尼金斯基發瘋了。
那就請松竹歌劇團來吧。
我好想見瀧瀧1呀。
我比較喜歡榎健2。
1譯註：ターキー，水之江瀧子的綽號。
2譯註：曾隸屬於「根岸大歌劇團的」榎本健一的綽號。
大爺！
有一位
來自東京的明智給您的
菰田源三郎様

明智!?
(咕嚕咕嚕咕嚕)
這是什麼?
明智小五郎
大君逝
良世逝逝
吾亦逝
應往樂園
啊!

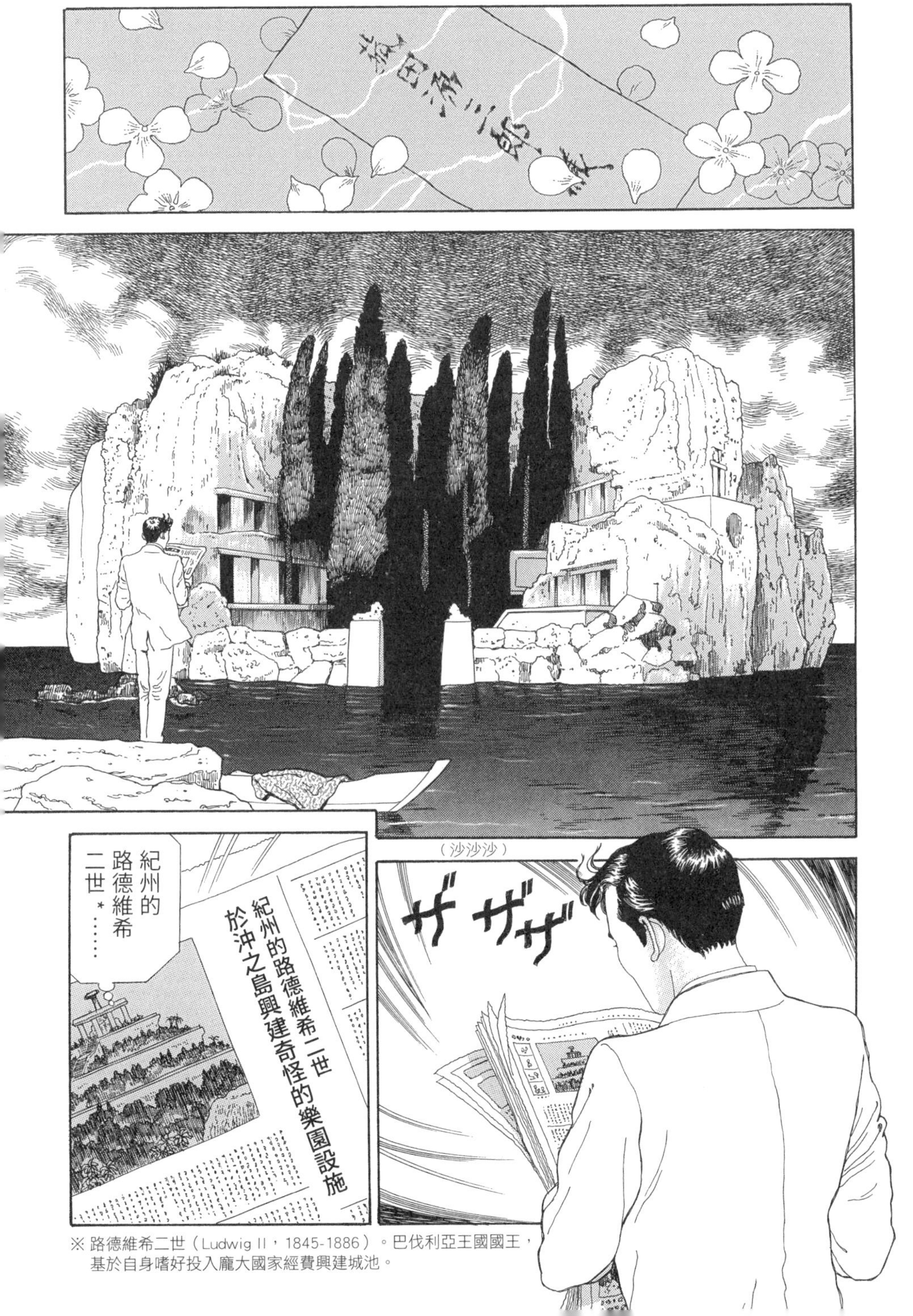
（沙沙沙）
ザザザ
紀州的路德維希二世
於沖之島興建奇怪的樂園設施
紀州的路德維希二世＊……

※路德維希二世（Ludwig II，1845-1886）。巴伐利亞王國國王，基於自身嗜好投入龐大國家經費興建城池。

喂，你!!
別靠近那邊!!
那就是明智先生啊。
咦!?
他會是什麼來頭……
ザザザ
（颯——）
初次見面，
我是偵探，叫明智。
我是——
受到您夫人的親戚請託而來。
咦，千代子的……!!

暫時不會有任何人過來了。
……話說回來，
這座島和那篇小說寫的一模一樣呢。
小說？
人見廣介氏的小說，叫《RA的故事》。
人見廣介！
您對人見廣介這名字有印象嗎？
他曾和您就讀同一所大學。
……

人見廣介是沒沒無聞的作家，
已懷才不遇地死去。
是自殺。
在他死後，雜誌刊載了《RA的故事》——
探偵王
九月號
而我認爲你或許是模仿《RA的故事》，
建造出這座島的。
我拜訪了神保町的兔月書房。
向總編打聽人見氏的消息——
但是他只回答我「不清楚」。

總編是爲了
追悼作者才刊登
《RA的故事》。
然而——
事後我得知，
在遙遠的
紀州土地上，
菰田源三郎
死而復生，
展開了
奇怪的事業。
此外，
總編還知道
一個重大的
事實。
人見廣介氏和
菰田源三郎氏，
像是一個模子般
印出來地相像！
人見廣介氏的計畫
是僞裝自殺，
消除自身存在，
化身爲
菰田源三郎。
你就是
人見廣介。

要化身爲菰田源三郎氏的話，
其妻千代子小姐應該會成爲你最大的障礙。
聽說千代子小姐被你帶到這島上後，再也不會返家。
千代子小姐在哪裡呢？
那座島是勃克林*的畫，
《死之島》對吧。
啊……千代子！

※ 阿諾德 · 勃克林（Arnold Böcklin，1827-1901）十九世紀末的象徵主義畫家。

跟這座樂園一點也不搭。
爲什麼要造那麼不祥的島呢？
看來，你已經看穿一切了。
ザザザ…
（沙沙）
千代子在那座島上沉眠。
我預先決定要讓它成爲千代子的墓才蓋的。
我爲了實現夢想，散盡紀州名門的資產。
甚至奪走了純眞的千代子的性命。

我浪費了巨額錢財，
這筆帳非結算不可。
結算是指？
請給我三十分鐘左右的自由時間。
我不會逃的。
……

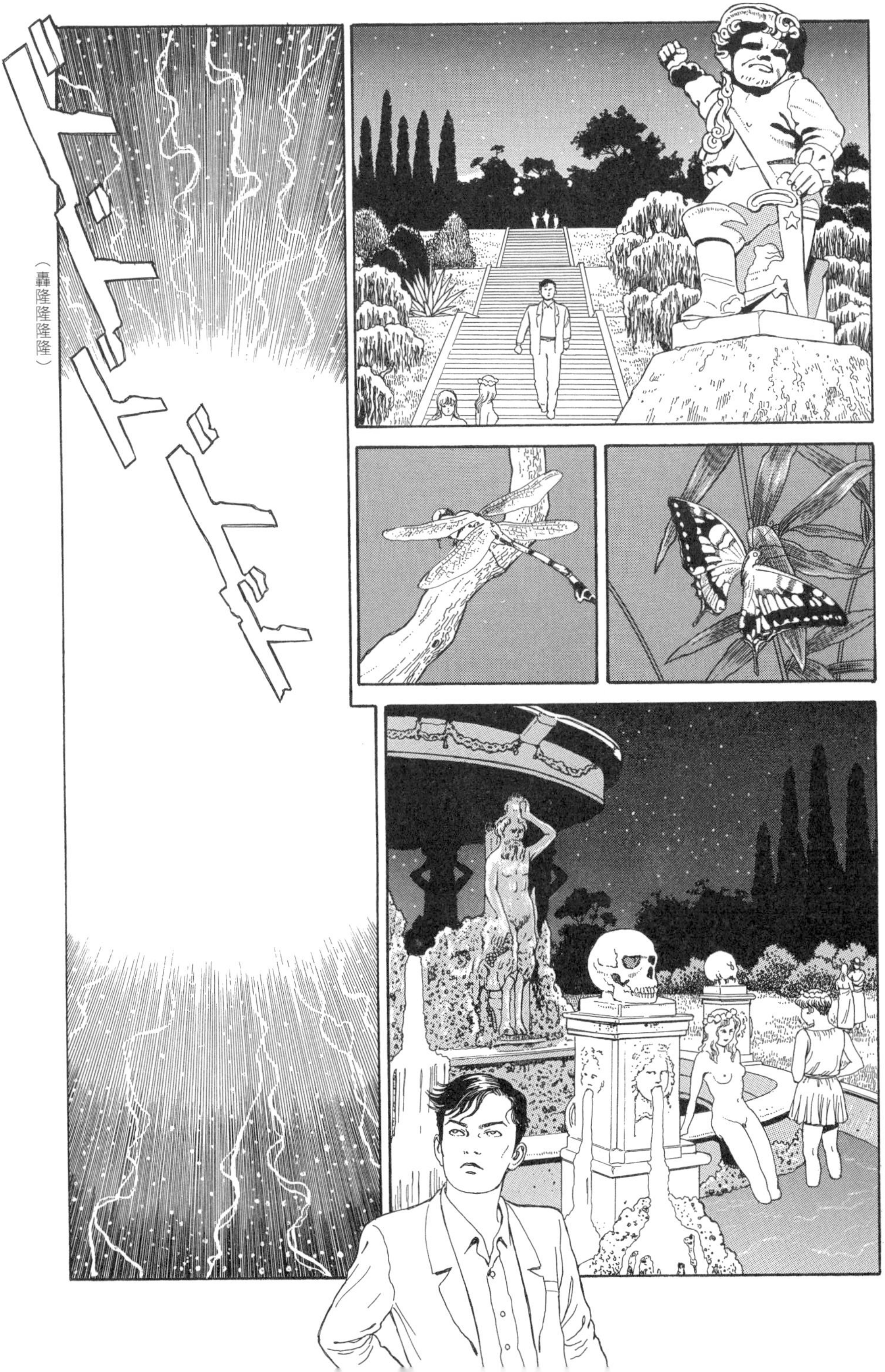
（轟隆隆隆）

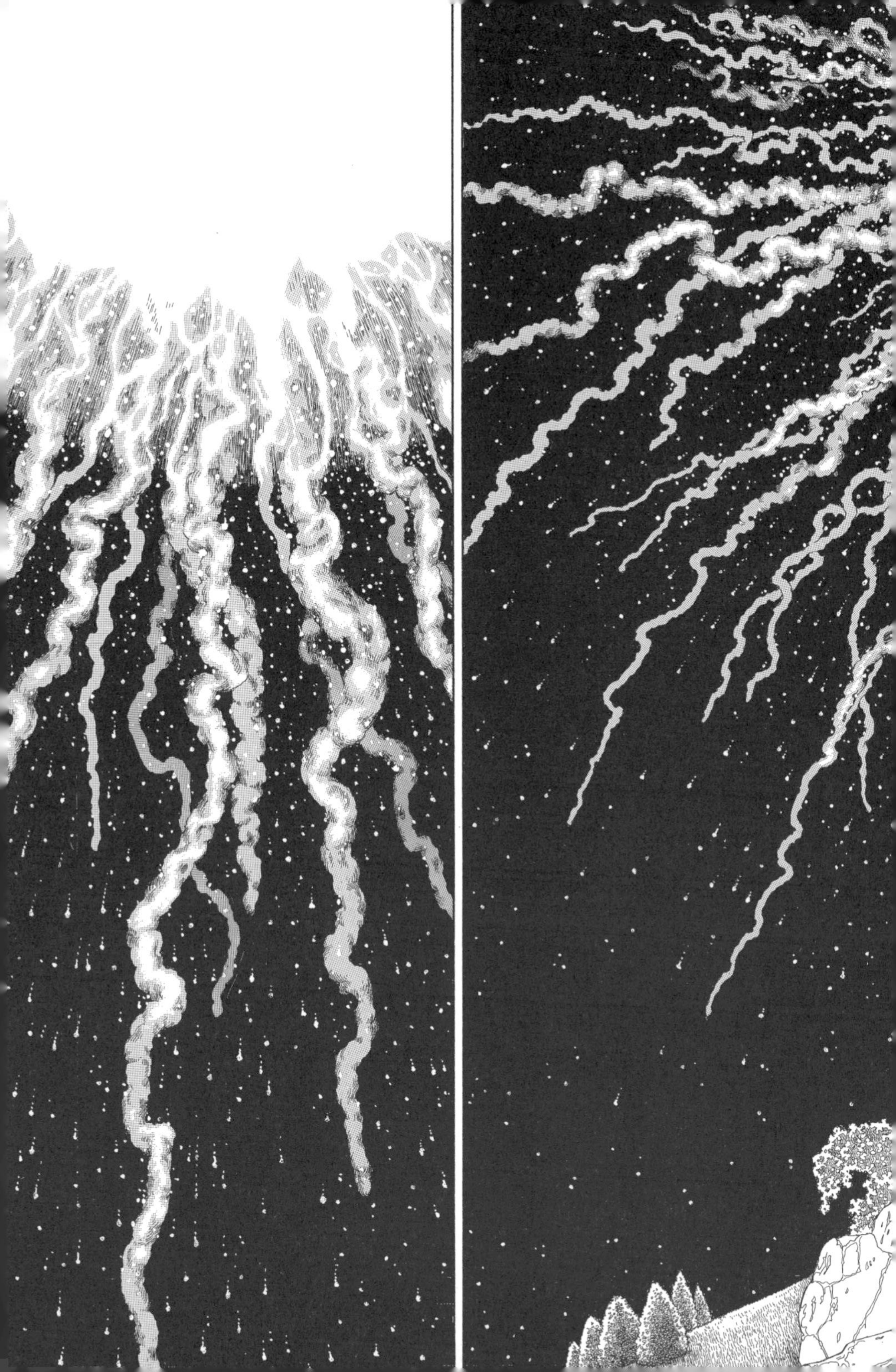

（啪啪啪啪）
下雨…!?

是血雨!!
呀
啊啊啊啊啊啊啊

帕諾拉馬島綺譚
完

首度刊載於　月刊 Comic Beam　二〇〇七年七月號～二〇〇八年一月號刊載內容之加筆修正

江戶川亂步

一八九四年（明治二十七年）十月二十一日生，三重縣名張市人。本名平井太郎。

自早稻田大學畢業後，他做過幾份工作，直到一九二三年於《新青年》雜誌發表〈兩分銅幣〉後才正式以小說家身分出道。此後，除了知名的名偵探明智小五郎系列之〈心理實驗〉、〈D坂殺人事件〉等作品外，他也以〈人間椅子〉等短篇作品及〈陰獸〉、〈孤島之鬼〉等長篇作品獲得極大人氣，被譽爲日本推理小說之父。此外，他也以少年偵探團系列作品吸引了衆多年輕讀者，爲日本大衆文學、青少年小說領域帶來莫大影響。

丸尾末廣

一九五六年（昭和三十一年）一月二十八日生，長崎縣人。

二十四歲時以〈繫緞帶的騎士〉出道。二十五歲時出版首部單行本《薔薇色的怪物》。此後，陸續發表許多漫畫、插畫作品，以挑戰禁忌的獨特題材、劇情及表現手法獲得廣大人氣。二〇〇八年出版改編自江戶川亂步原著的《帕諾拉馬島綺譚》，二〇〇九年出版《芋蟲》，並以前者獲得手塚治虫文化賞新生賞。繁體中文版已出版作品有《芋蟲》、《少女椿》、《發笑吸血鬼》（皆由臉譜出版發行）。

PaperFilm 視覺文學 FC2074

帕諾拉馬島綺譚

2022年8月 一版一刷

作者 江戶川亂步 丸尾末廣
譯者 黃鴻硯
責任編輯 謝至平
裝幀設計 馮議徹
行銷業務 陳彩玉、陳紫晴、葉晉源
排版 傅婉琪
發行人 涂玉雲
編輯總監 劉麗真
出版 臉譜出版
城邦文化事業股份有限公司
台北市民生東路二段141號5樓
電話：886-2-25007696 傳真：886-2-25001952
發行 英屬蓋曼群島商家庭傳媒股份有限公司城邦分公司
台北市中山區民生東路二段141號11樓
客服專線：02-25007718；25007719
24小時傳真專線：02-25001990；25001991
服務時間：週一至週五上午09:30-12:00；下午13:30-17:00
劃撥帳號：19863813 戶名：書虫股份有限公司
讀者服務信箱：service@readingclub.com.tw
城邦網址：http://www.cite.com.tw
香港發行所 城邦（香港）出版集團有限公司
香港灣仔駱克道193號東超商業中心1樓
電話：852-25086231 傳真：852-25789337
馬新發行所 城邦（新、馬）出版集團
Cite (M) Sdn. Bhd. (458372U)
41-3, Jalan Radin Anum, Bandar Baru Sri Petaling,
57000 Kuala Lumpur, Malaysia.
電話：603-90563833 傳真：603-90576622
電子信箱：services@cite.my
ISBN 978-626-315-161-1

售價：380元